TRAGEDIA EN
SANTA MARIA

TRAGEDIA EN SANTA MARIA

JORGE MARTÍNEZ

Número de Control de la Biblioteca del Congreso de EE. UU.:   2014918029
ISBN: Tapa Dura   978-1-4633-9384-7
             Tapa Blanda   978-1-4633-9383-0
             Libro Electrónico   978-1-4633-9382-3

Esta es una obra de ficción. Cualquier parecido con la realidad es mera coincidencia. Todos los personajes, nombres, hechos, organizaciones y diálogos en esta novela son o bien producto de la imaginación del autor o han sido utilizados en esta obra de manera ficticia.

Este libro fue impreso en los Estados Unidos de América.

Fecha de revisión: 23/10/2014

Para realizar pedidos de este libro, contacte con:
Palibrio
1663 Liberty Drive
Suite 200
Bloomington, IN 47403
Gratis desde EE. UU. al 877.407.5847
Gratis desde México al 01.800.288.2243
Gratis desde España al 900.866.949
Desde otro país al +1.812.671.9757
Fax: 01.812.355.1576
ventas@palibrio.com
633766

INTRODUCCIÓN

Nuestra vida puede estar dividida en varias partes, yo pongo cuatro para esta historia; Sufrir, luchar, amar y vencer. Porque el que ama sufre, el que sufre lucha y el que lucha vence. Y así inicia nuestra historia, luchando por sobrevivir desde el principio de nuestro nacimiento, pero uno mismo no se da cuenta. ¿¡Oh quizás sí!? ¡Solo que no lo expresamos de palabra solo con gestos! Ya que solo somos unos seres expuestos a la bondad o maldad de quienes nos rodean. Y este es el caso de nuestra historia, que nace en el hermoso Estado de Campeche. Ubicado al sureste de la República Mexicana y se localiza en el Oeste de la península de Yucatán. Nuestros protagonistas nacen en este bello estado de nuestra República. *Mateo Fernández.* Hijo de uno de los mejores hacendados del estado (Don Raymundo Fernández) Joven muy sociable y ojo alegre con cuanta mujer se le ponga enfrente. Siempre logra sus cometidos ya que tiene el poder y el dinero de su familia.

Sebastián Almanza. Hombre noble y de buen corazón, se cría con su madre en Yucatán, pero al morir ella decide volver al lado de su abuela Cuca, cosa que a ella no le agrada ya que con su llegada teme se descubra una verdad que ha callado durante muchos años y teme que pierda el amor que le debe a su madre Antonieta.

Elena Santillán. Mujer bella por la cual suspiran los jóvenes de los alrededores; se ve envuelta en los amores con Mateo Fernández y Sebastián Almanza. Dice sentir amor por ambos ya que los dos tienen grandes cosas en común, y cada día que pasa siente la necesidad de verlos. Dice sentirse confundida por la similitud que encuentra entre ellos.

Entre nuestros protagonistas hay una persona muy querida que es *Alejandro Durán.* Él es un joven sin familia. Su madre lo abandono desde muy pequeño y poco se sabe de sus raíces familiares. Siempre se encuentra entre la espada y la pared por causa de la rivalidad entre Mateo y Alejandro que son sus mejores amigos.

Poco a poco se van descubriendo cosas del pasado en el cual nuestros protagonistas son los más afectados ya que son producto de viejos amores del pasado, eso los hace llenarse de pequeños rencores mal sanos, pero siempre predominará ante todo el amor que nace de entre todos ellos.

(Y esta es la historia de ellos)

(En un bar en la ciudad de Campeche)

(Alejandro) ¡Ya vine por ti Mateo! ¿Vámonos para la casa, ya has bebido demasiado por hoy, oh quieres tomarte todo lo que queda de la cantina? ¿¡Es mejor que no te pierdas más en el vicio y recapacites, que esto que haces no te conduce a nada bueno!?

(Mateo) ¡Tú te aprovechas del cariño que siento por ti, eres de las pocas personas que me dicen lo que ésta bien y lo que está mal, y por eso siempre te lo agradezco, al igual sé que me quieres como a un hermano, y tú sabes que eres bien correspondido!

(Alejandro) ¿Pero de que me sirve todo lo que te digo si nunca me haces caso? Todo entra por un oído y te sale por el otro. ¡Ya vez lo que te pasó por embriagarte y lo que ocasionaste por andar en tus andadas y la que pago todo fue tu santa madre que en gloria se encuentre!

(Mateo) ¡Nunca! ¡Nunca vuelvas a mencionar eso Alejandro, si desde ese día no hay noche que concilie mi sueño, no hay momento que no esté pensando en aquella noche tan triste para mí en que perdí al ser que más he amado en la vida, a mi santa madre; que siempre me acompañaba a donde quiera! Ella era mi madre, mi amiga, mi cómplice, era mi todo.

(Alejandro) ¡Pues por ella deja el vino y veras que todo puede llegar hacer como antes!

(Mateo) ¡Nunca llegará hacer lo mismo sin ella! Y por eso desde hoy dejare el vino. ¡Así es!, Dejaré el vino, pero seguiré con la cerveza para que veas que si te hago caso hermanito. ¡Je, Je, Je! Ahora vámonos porqué mi padre ésta en Santa María esperándome con el sermón de todos los días. ¿¡Maneja tú!?

(Alejandro) ¡Pues claro que manejo yo, a poco creías que lo arias en el estado que te encuentras!

(Ya en la hacienda)

¡Mateo! Ya llegamos a la casa, ¿vamos bájate de la camioneta?, ¡Ándale que ya es tarde y mañana hay que trabajar muy temprano! ¡Qué bárbaro! No puedes ni con tu alma y como siempre tengo que bajarte y llevarte hasta tú recamara.

¿¡Vamos Mateo ayúdame un poco y sube las escaleras, ya deberías de ponerte hacer algo de ejercicio ya pesas demasiado!?

(Don Raymundo) ¡Bonitas horas de llegar muchachos! ¿Que no tienen vergüenza por la casa que pisan, mira cómo se encuentra Mateo? ¡Ya no sé qué hacer con mi hijo! Desde que murió su madre ha ido de mal en peor y aunque le doy sus sermones cada día, todo es inútil, sé que me quiere y respeta ya que nunca me contesta nada cuando le reprendo, sólo agacha su cabeza y escucha, pero nada he ganado con eso pues no hace caso a mis suplicas. ¡Veo que a ti si te llega a escuchar, por eso siempre que salgan a sus andadas te lo encargo mucho, sabes cuánto lo quiero y por supuesto a ti también y lo sabes, nunca lo olvides!

¿Ya sube a este borracho y antes que te duermas dile a la nana Cuca que mañana preparé desayuno para un crudo?

(Alejandro) ¿No será necesario Don Raymundo? desde que llegamos la mire por el balcón de la ventana así que nos está esperando haya arriba para acomodar a Mateo.

(Don Raymundo) ¡No sé qué haría sin la ayuda de la nana! Desde que murió mi difunta esposa María ella ha ocupado un lugar especial en nuestra casa. ¡Se lo ha ganado con esfuerzo y cariño, por eso la queremos tanto!

(A la mañana siguiente)

(Don Raymundo)¡Buenos días nana Cuca!, ¿Ya se levantaron los muchachos?

(Nana) Alejandro desde muy temprano lo escuche salir rumbo a las caballerizas y Mateo se ésta dando un baño así que ya no tardan.

(Don Raymundo) ¡Sabes nana! Estos dos muchachos son la alegría de la casa, aunque Alejandro no lleve mi sangre lo quiero como si lo fuera, me siento orgulloso de él, y sé que él también nos estima mucho. Ha veces lo noto triste, ¡Pero se cuál es su preocupación! Y es el no saber de dónde viene y no saber si tiene familia

Pero aquí nunca le ha faltado amor; mi esposa María nunca hizo distinción alguna entre Mateo y Alejandro, desde que nos lo dejo su madre en aquella banca del pueblo y no volvió por él, desde ese momento nos dimos cuenta que sería el hijo que ya no pudimos tener con mi esposa María; a mí me hubiera gustado que en ese parto que tuvo mi esposa, que por cierto fue muy difícil, me hubiera alegrado para que hubieran sido dos, ella se veía muy llenita para haber traído solo uno y que hubiera nacido tan flaco. ¡Ji! Ji! Pero que caray así es la naturaleza. Pero por otra parte mira que buen hijo nos dio esa madre irresponsable al dejarnos a Alejandro.

(Nana) ¡Ya no recuerde eso patrón! Mejor vea por su muchacho que tiene, ¿más bien dicho?, por sus muchachos que tiene, (Mateo y Alejandro) son inseparables esos muchachos, ¡pero! Ya los escucho llegar Don Raymundo.

(Mateo) Buenos días padre, buenos días nana.

(Don Raymundo) ¡Buenos días a los dos, ya el sol está muy alto y ustedes! ¿Debajo de las sabanas? ¿Desayunen rápido porque se nos hace tarde para ir a la oficina? Hoy iniciamos las labores para la época del temporal así que tenemos mucho trabajo y los nuevos trabajadores llegaron desde muy temprano y necesitamos atenderlos y darles las encomiendas según sus aptitudes.

¡Alejandro!, De una vez te aviso que desde hoy no te encargaras de las caballerizas, voy a ver quién de los nuevos peones lo puede hacer, quiero verte un poco desahogado y tengas más tiempo para ti, para que salgas y te diviertas, no todo en la vida es trabajo y casa, también se necesita algo de diversión, ¿estamos de acuerdo?

(Alejandro) Sí, ¡está bien se lo agradezco! ¿Pero creo que por ahora debo echarle más ganas al trabajo, ya que iniciamos con el temporal y quiero que salgan las cosas como a usted le gusta?

(Don Raymundo) No me digas lo que tengo que hacer muchacho, ya tome una decisión con respecto a ti y quiero que la respetes.

(Alejandro) ¡Está bien Sr!

(Mateo) ¡Je!, ¡Je!, ¡Je! ¿Ya vez por respondón, mira lo que te paso? ¡

(Alejandro) ¡Tú cállate y acaba de desayunar para que se te quite la cruda! ¿Oh más bien lo borracho, mira que carita tienes aún?

(Don Raymundo) ¿Ya dejen de pelear? ¡Los espero en la oficina para ultimar detalles! ¡Ha! ¡Y otra cosa! contrate una nueva asistente para Mateo, ya que las otras me las ha corrido antes de que salga la semana. Espero que esta si sea de su agrado y nos dure al menos en lo que pasa la temporada. ¡Haya nos vemos!

(Mateo) ¿Ya me imagino otra de sus puntadas de mi padre, una vieja fea y de lentes, y para acabarla de fregar con bigotes como las anteriores? ¡Nomás no me puedo concentrar con ellas! ¡Es que la verdad, mi padre tiene un gusto para escoger a las asistentes que no más no da una! El único buen gusto para escoger fue el de mi madre ¿y no se ha que santo le rezaría que ella le hizo caso?

(Alejandro) ¡Ya apúrale y deja de criticar a tu padre por eso!

(Mateo) ¡Nada más deja tomarme este vaso de jugo y nos vamos!

(Se toma casi toda la jarra de jugo para su cruda)

(Afuera de la oficina en la hacienda)

(Mateo) ¿¡Oye Alejandro entra tu primero y me dices que tal esta la nueva asistente!? Para que mis neuronas se vayan adaptando y no se desmayen al verla, porque con la cruda que traigo y si la llego a ver y con lo fea que este me va a dar algo, ¡Vamos entra ya pájaro nalgón!

(Alejandro) ¡Que dramático eres Mateo, las botellas de vino te hicieron daño anoche, voy a entrar y te digo! Las cosas que me hacer por tu terquedad.

¡Ya estoy aquí Don Raymundo!, ¿por dónde empezamos?

(Don Raymundo) Ya se ha lo que vienes, y no andes husmeando tras las paredes, sé que vienes a ver como ésta la nueva asistente y correr a decirle a Mateo que está afuera esperándote. ¡Dile que pase! Que se deje de niñerías absurdas, esta vez no le va a dar un vaguido como siempre.

(Alejandro) ¡Tú padre ya sabe que estas aquí afuera, así que te manda decir que te dejes de niñerías y entres ya por favor!

(Don Raymundo) ¡Muchachos! necesitamos los nuevos presupuestos para mandárselos a los proveedores así que ha trabajar. ¡Deja llamar a tu asistente para presentarla formalmente! Elena haga el favor de venir un momento.

(Mateo) ¡Ahí viene, hay Dios agárrame confesado!

(Don Raymundo) ¡Elena! Le presento a mi hijo Mateo y ah Alejandro que es como mi hijo. Elena, desde hoy ocupara la oficina que está a un costado de la de Mateo. ¡Espero que se lleven bien y logren sacar el trabajo adelante durante la nueva temporada!

(Mateo) ¡Con esta asistente si le doy un diez a mi padre, espero se me haga con ella, esta no la dejo ir viva! ¡Con ella a mi lado hasta la cruda se me paso!

(Don Raymundo) ¿Ya vayan a sus ocupaciones y de paso Alejandro hazme pasar a dos de los nuevos trabajadores que me están esperando afuera?

(Alejandro) ¡Está bien Sr enseguida les llamo!

(Don Raymundo) ¡Artemio muchacho como estas!; gusto de volverte a ver por Santa María, ¿cómo están tus padres?

(Artemio) Bien patrón muchas gracias, y aquí me tiene como cada año para el inicio de la temporada.

(Don Raymundo) ¡Pues ya sabes que hacer, ve con Alejandro y ponte a sus órdenes!

(Artemio) Muchas gracias patrón.

(Sebastián y Don Raymundo se conocen por primera Vez)

(Don Raymundo) ¿Tú eres nuevo por estos lugares no es así?

(Sebastián) ¡Mucho gusto Sr! ¡Mi nombre es Sebastián Almanza! Y sí, soy nuevo por estos rumbos. ¿Anduve preguntando por los alrededores de algún trabajo y alguien me recomendó venir a la hacienda y aquí me tiene a sus órdenes?

(Don Raymundo) ¡Según estas hojas que llenaste tienes poca experiencia en cuanto al campo se refiere, pero tienes algo de experiencia en cuestión del manejo de animales! Por eso he decidido ponerte al frente del cuidado de las caballerizas, al menos por el momento, después ya veremos cómo van saliendo las cosas.

Ve con Alejandro y dile que te muestre tu lugar de trabajo y lo que tienes que hacer. ¡Sabes! Tu cara me es muy familiar, desde que te vi entrar por esa puerta me recordaste a alguien con exactitud no sé a quién. En fin, la memoria ya me ésta fallando un poco así que mejor será olvidar ese detalle.

(Sebastián y Alejandro) ¿Así que tú te aras cargo de las caballerizas desde hoy?

(Alejandro) ¡Te advierto que no es nada fácil!, sobre todo porque los animales tardan en adaptarse a las personas que los alimentan. ¡Espero tengas mucha suerte! ¿¡Eres nuevo por estos lugares sino me equivocó!? Aparte no tienes facha de ser un trabajador como los que estoy acostumbrado a lidiar, te vez totalmente diferente.

(Sebastián) ¿¡Y que tengo de particular según tú!?

(Alejandro) ¿Tu forma de expresarte, tú mismo vestir? ¡Y mira tus manos!, no son de hombre de campo sino de oficina o de político.

(Sebastián) ¡Hey! ¡Tranquilo Alejandro! que a mí me gusta trabajar y no calentar sillas para dormir y solo servir para levantar la mano y decir si oh no, y me gusta ganar mi dinero con el sudor de mi frente, no con los de mi pueblo, ¡no lo crees de esa forma!

(Alejandro) ¡Con esa forma de pensar me has ganado Sebastián! ¡Te confieso estaba algo celoso por la nueva persona encargada de mis animales que tanto adoro! Desde muy pequeño este lugar ha sido mi refugio cuando me sentía totalmente sólo, a mis caballos les contaba lo que me pasaba, sé que es una tontería pero sentía su cobijo. El animal es muy inteligente. ¡Tanto es así que sólo les falta hablar!

¡Mira!. Esta es la lista de las vacunas de cada uno de los animales, cada vez que se termine alguno de ellos es necesario se lo lleves a Mateo o en este caso ah la nueva asistente, ellos se encargaran de los pedidos correspondientes y así no tendrás ningún problema. Por lo pronto debes de llevar estos reportes a Elena para que ella los revise y les de él destino correspondiente.

(Sebastián) ¡Enseguida lo are y de paso voy conociendo el lugar donde trabajaré!

(Elena, Mateo y Sebastián)

(Sebastián) ¿Le agrada su oficina Elena? ¿Está un poco descuidada por las anteriores asistentes, no sé porque no la adornaban, y le ponían algún toque femenino?

(Elena) ¿Quizá porque no les daba tiempo ni de instalarse cuando salían huyendo de aquí, no es que me conste nada, sólo que se dicen muchas cosas sobre su persona, nada malo, sólo que le gusta jugar un poco con algunas de las muchachas de estos lugares?

(Mateo) ¡Esas son puras habladurías de la gente y que se inventan chismes! ¡Yo por su puesto no les hago el menor caso! ¿Sé que nada de eso es verdad, me gusta ser divertido es todo, pero de jugar con los sentimientos eso si es completamente falso?

(Elena) Eso a mí no me interesa, aquí yo sólo soy una trabajadora y no vine a enterarme de vidas ajenas y menos de quienes son mis superiores. Y eso es lo que aré para no tener ningún tipo de mal entendido. Por lo pronto...

(Alguien toca la puerta)

(Mateo) ¡Permítame Elena yo abro! Sí, ¿Qué se le ofrece?

(Sebastián) ¿Perdón se encuentra Elena? Mi nombre es Sebastián y soy el nuevo encargado de las caballerizas. Me mando Alejandro atraerle estos documentos.

(Elena) Muchas gracias, ya los estaba esperando para hacer algunos pedidos.

(Mateo) ¿¡Y que hace ahí parado, ya entrego los documentos ya te puedes retirar a tus actividades!?

(Sebastián se queda como ido con la belleza de Elena, no podía apartar su mirada)
¿Estás aquí? Te dije que puedes marcharte, ¿no eres sordo verdad?

(Sebastián) No, ¡claro que no, permiso!

(Elena) ¿No se te hace que fuiste un poco de descortés con él? ¿A ti no te gustaría que alguien de hable de ese modo verdad?

(Nana Cuca) ¡Virgen del Carmen! ¡Ya empezó la llegadera de gente para la temporada de cultivos, todo mundo entra y sale entra y salen, parecen hormigas! Y yo no puedo concentrarme en mis trabajos, todos quieren meterse a mi cocina por agua. ¿Cómo si no les bastaran las alforjas que se les tiene en cada esquina de la casa? ¡Pero no! ¡Ellos quieren agua de la nana Cuca!

(Sebastián llega por detrás y de abraza a la nana)

(Nana) ¿¡Mateo muchacho que haces me vas a tumbar, bájame por favor!?

(Sebastián) ¿¡No, soy tu adorado Mateo, soy yo Cuca, tu nieto Sebastián!?

(Nana) ¡Virgen del Carmen tú que haces por Santa María!

(No le agrada la idea de que su nieto se encuentre en ese lugar)

(Sebastián) ¿Cuca que te pasa? ¿Tal parece que no te agrada que yo venga a este lugar? Pensé en darte una sorpresa, pero el sorprendido soy yo con la actitud de asombro que tienes.

(Nana) ¡No es eso hijo, solo que nunca habías pisado Santa María y menos en esta fecha que inician los cultivos para las siembras!

¡Pero si gustas en este momento vamos a Escárcega y allá platicamos a gusto y de paso nos ponemos al día con tu vida, que buena falta nos hace a los dos!

(Sebastián) ¿Cuca, porque estas tan nerviosa, como si no quisieras que nadie me viera? ¿No entiendo tu actitud hacia mí? ¡Parece como si me quisieras correr de aquí! Pero en este momento aunque quisiera ir contigo a Escárcega ¡No puedo salir de la hacienda!

(Nana) ¿Y eso por qué? ¿Hiciste algo malo?, ¡Virgen de Carmen!, ¿Mataste algún cristiano?

(Sebastián) ¡No seas drástica abuela, nada de eso! No puedo salir porque desde hoy trabajo aquí en Santa María.

(Nana) ¡Santa María!

(Sebastián) Así es Cuca, en Santa María. Quise volver de Yucatán para ver el mundo donde mi madre vivió los mejores años de juventud y donde conoció a mi padre.

(Nana) ¿Y dónde te estas quedando hijo?

(Sebastián) No he tenido tiempo de buscar algún cuarto para renta, por lo pronto mi casa será mi carro. ¡Ya me las arreglaré más tarde!

(Nana) ¡Nada de eso hijo!, En Escárcega tengo mi casa y allí te puedes quedar el tiempo que tú quieras.

(Sebastián) ¿¡No sabía que tuvieras casa Cuca!? Pensé que Santa María era tu casa desde hace mucho.

(Nana) ¡Y lo es hijo! ¡Pero tu abuelo que en gloria este, en vida fue muy precavido y me compro esa casita, aunque pocas veces la utilizábamos ya que la mayor parte de la vida nos la pasábamos aquí en la hacienda trabajando!

(Sebastián) ¡Y cuando querían estar solos se iban a su nidito de amor! Picarones ¡Ja!, ¡Ja!, ¡Ja!

(Nana) ¡Sebastián no seas grosero!

¡Mira!, aquí tienes las llaves de la casa, ve y te instalas y yo después voy a darte una vuelta.

(Sebastián) Muchas gracias Cuca de mis amores, te dejo porque tengo mucho trabajo que hacer.

(Nana) ¡Virgen Santísima!, creo se avecina una tormenta en Santa María. Me había hecho a la idea de que Sebastián jamás pisaría estos lugares y que por algún motivo descubriera la verdad de su origen.

¡Dios!, Si se llega a descubrir la verdad no quiero ni pensar que se llegue a ensuciar la memoria de mi hija Antonieta, y menos que Sebastián la llegue a odiar por ocultarle la verdad.

(Ya por la tarde)
(Elena y Mateo)
(Mateo) Creo es todo por el día de hoy Elena, así que se puede retirar a descansar.

(Elena) Muchas gracias Mateo. Si te voy a tomar la palabra de irme, pues ha sido un día muy pesado y tengo algo pendiente de Ruth pues le deje un poco enferma en la mañana.

(Mateo) ¿Tienes una hija? ¿Acaso eres casada?

(Elena) ¡Ja!, ¡Ja!, ¡Ja! Ninguna de las dos cosas. ¡Mateo! Ruth es mi madre y yo pocas veces le digo mamá, ella es mi adoración y para ella vivo y lucho, bueno, también por mí, pero ella es mi inspiración, es mi amiga, mi consejera. Nos queremos mucho.

(Mateo) Así fuimos mi madre y yo; inseparables para todo. Recuerdo su mirada, su sonrisa, sus bromas, sus regaños. ¡Pero desgraciadamente ya no está a mi lado!

(Elena) Siento mucho lo de tu mamá, pero sabes bien que ella siempre estará en tu corazón y en tus recuerdos, así que no te sientas triste ¡Ok!

(Elena rumbo a su casa)

(Elena) ¡No puede ser!, ¿qué le pasa a esta carcacha que no quiere caminar? ¡Oh no! ¡Una llanta y ahora qué hago, y yo de cambiar llantas no tengo ni la menor idea de cómo hacerlo y por este camino que tan sólo de verlo da miedo! ¡Ojala pronto pase alguien y me ayude!

(Sebastián) ¿Esa que está ahí parece Elena? ¡Le paso algo Elena!

(Elena)Pues se ponchó una llanta y de eso no se nada.

(Sebastián) No se preocupe, esto lo arreglo en unos minutos. ¿Trae la refacción y el gato?

(Elena) ¿Gato? ¿Para qué quiere un gato?

(Sebastián) ¡No Elena! Un gato hidráulico que me ayudará a levantar el carro para cambiar la llanta. ¡Tranquila! ¿Parece usted muy angustiada?

(Elena) Lo que pasa que en la mañana deje un poco delicada a mi madre Ruth y por accidente me traje el celular y no pude comunicarme con ella.

(Sebastián) ¡Ya casi está listo Elena! Sólo apretaré un poco y listo. Ya puede seguir su camino.

(Elena) ¡Muchísimas gracias Sebastián no sé cómo agradecerte este favor!

(Sebastián) No es nada Elena, Con que llegue a su casa está bien. ¿Yo voy a Escárcega así que la sigo?, ¿le parece?

(Elena) Me parece bien, así no me sentiré tan sola y de paso mira donde vivo, por si algún día viene de visita.

(En casa de Elena) ¡Ruth!, ¡Ruth! ¿Dónde te encuentras? ¡Contéstame!

(Ruth) Aquí estoy hija en la cocina. ¿Porque son esos gritos? ¿Estoy bien no te preocupes, mírame estoy sanita?

¡Elena hija! ¿Quién es ese muchacho que te acompaña?

(Elena) ¡Mira Ruth! te presento un compañero y nuevo amigo de mi trabajo.

(Sebastián) Sebastián, Sebastián Almanza para servirle.

(Ruth) ¿Almanza has dicho? ¡Je!, ¡Je! ¡Qué raro, hace mucho que no escuchaba ese apellido en mis oídos!

¡En mi juventud!, ¡Porque también fui joven no se burlen muchachos!, tuve una gran amiga, se llamaba Antonieta, las dos nos casamos y ella adopto el apellido de su esposo, que precisamente era Almanza.

(Sebastián) ¿Entonces usted conoció a mi madre? Ella se llamaba Antonieta, y mi abuela es Cuna, que trabaja en la hacienda Santa María.

(Ruth) ¡Así es muchacho!, tu madre y yo éramos inseparables, para donde quiera andábamos juntas, fuimos tan felices en esos años de juventud. ¡Pero dime! ¿Dónde está ella? ¿Vino contigo? ¡Quisiera verla y recordar nuestros tiempos!

(Sebastián) Me da mucha pena que darle esta noticia Señora Ruth. Desgraciadamente mi madre va para dos años que se nos adelantó a consecuencia de una enfermedad algo rara, que ya después le contaré, desafortunadamente los médicos no pudieron hacer nada. Ahora yo vengo para conocer sus raíces de quien tanto se sentía orgullosa y ahora que lo menciona siempre recordaba a una buena amiga, pero poco la mencionaba o más bien era que yo no le ponía mucha atención

(Elena) ¡Ruth tú tampoco me llegaste hablar de ella! Eso si no te lo voy a perdonar, ¡no que somos las mejore amigas!, y ellas se cuentan todo.

(Ruth) ¡Hay hija!, de eso ya hace tantos años que se me pasaba por completo, y por una cosa y otra nunca hubo la oportunidad de platicarte de mí buena amiga Antonieta que en gloria se encuentre. ¡Pero hija no seas tan descortés y ofrécele un agua a este joven!

(Elena) ¡Qué pena Sebastián!, por la prisa de llegar no te ofrecí algo para tomar y con este calor que hace.

(Sebastián) No te preocupes Elena, yo me tengo que retirar a descansar, mi abuela me presto su casa, solo que no sé dónde está ubicada. ¿Esta es la dirección que me dio?

(Elena) ¡Ha ver! ¿Cuál es? ¿Está muy cercas de aquí, seremos vecinos?

(Sebastián) ¡Mira que coincidencias de la vida, ahora soy vecino de la que fue la mejor amiga de mi madre! ¿Ahora podre conocer más a fondo a mi madre a través de usted?

(Ruth) ¡Claro que si Sebastián! Me dará mucho gusto recordar viejos tiempos, acuérdate que recordar es volver a vivir y yo quiero hacerlo. Esta es tu casa y eres bienvenido y cuando puedas trae a cuquita, tengo mucho tiempo sin verla.

(Sebastián) ¡Claro que si señora!, con gusto le paso su recado, que descansen. Hasta mañana Elena y mucho gusto en conocerte.

(Ruth) ¿¡Que se me hace que de aquí eres mi Elenita!? Con esos ojitos que le echabas al muchacho que por poco te lo comes con la mirada, ¿nunca te había visto así por ningún joven?

(Elena) ¡No digas tonterías Ruth!, yo te he dicho que por ahora no me interesa enamorarme. Ya te había dicho que después de terminar mi carrera trabajaría un buen tiempo para darnos nuestros pequeños gustos, ya que tú te sacrificaste tanto por mi cuando estaba estudiando. ¡Así que ahora me toca a mí recompensarte por todo lo buena que has sido conmigo! ¿Y tú sabes que sí me enamoro se me irá el Santo al cielo y eso no quiero que pase? (Ruth) ¡Muchas gracias hija! ¡Pero yo no importo tanto! Yo me conformo con que tú seas muy feliz, que encuentres un buen hombre y formes un gran hogar.

(Sebastián) ¿¡Qué agradable sorpresa me lleve en casa de Elena al saber que mi madre Antonieta tuvo una grande amiga, gracias a esa aprenderé más de mi madre y tal vez me cuente algunas buenas historias de su juventud, de sus primeras aventuras de adolescentes!? Pero sobre todo estar un poco más de Elena y conocerla más afondo.

(Al día siguiente)

(Mateo) ¡Buenos días nana! ¿Y mi padre? ¿Aún no se levanta?

(Nana) Él se levantó desde muy temprano Mateo. Fue a dar una vuelta por la hacienda y en un rato más regresaba a desayunar. ¿Y tú cómo estas hijo?, tenemos días que poco hablamos, aparte que el trabajo te absorbe un poco. Me habías cumplido dejar un poco tus andadas en las cantinas y no lo has prometido. ¿Que ya no me quieres?

(Mateo) ¡Claro que te quiero mi nana consentida!, ¡Sólo que me es muy difícil dejarlo de golpe!

(Nana) ¿También hazlo por tu padre que tanto te quiere y se preocupa por ti?, a tu madre no le hubiera gustado verte en ese estado. Su gran ilusión era verte realizado y felizmente casado con una buena mujer. ¿Y por lo que veo ninguna te toman en serio por lo ojo alegre que eres, eso te lo digo porque te quiero para que no me lo tomes a mal?

(Mateo) Yo entiendo nana, ya verás que voy a cambiar, y por lo pronto ya le eche el ojo a una y creo vale la pena, no es como las otras que he conocido.

(Nana) ¿Quién es ella mijo? ¡Pues mira que para que tú me digas eso tiene que ser muy especial! ¿Y de casualidad yo la conozco?

(Mateo) ¿No sé si la conoces?, Se llama Elena Fernández es la nueva asistente que mi padre contrato. ¡Desde el primer momento que la mire supe que debía luchar por ella! ¿Aunque no me hago muchas ilusiones pues tiene su buen carácter, pero eso la hace más bella?

¡Bueno nana me voy a la oficina, ella es muy puntual y no quiero darle una mala impresión al llegar yo tarde! Nos vemos luego nana, que tengas un bonito día.

(Nana) ¿Elena Fernández? ¿Acaso será la hija de Ruth la mejor amiga de mi difunta hija Antonieta? Me daré prisa y voy a ir a visitar a Ruth, espero siga viviendo donde mismo.

En casa de Ruth

(Ruth) ¡Virgen del Carmen! tengo que darme prisa tengo que hacer muchas cosas; ir a traer algo para la cena y de paso aprovecho para pagar la luz y el agua que ya casi están a punto de vencer y si no lo hago mi Elena me va a dar una regañada y ya sé cómo se me pone cuando algo sale mal, se le sube lo Fernández y válgame el señor.

(Tocan en ese momento a la puerta)
¡Nana Cuca!, ¡qué gran sorpresa! ¡No me imagine verla por esta su casa, ya hace tantos años que no la veo, pero, pase por favor, pase!
(Nana) ¡Mujer!, ¡El gusto es mío, ya hace tantos años que no nos vemos! Pensé que ya no vivías en Escárcega, ¡Como te casaste y al poco tiempo me entere que te habías marchado pues te perdí la pista!
(Ruth) A mi difunto esposo lo cambiaron en su trabajo y tuvimos que mudarnos a otra ciudad y poco venía por acá para ver a mis padres hasta su partida. Después murió mi esposo así que tuve que abrirme paso yo sola con mi Elena siendo una niña. ¡Después quise regresar pero Elenita ya estaba en la universidad así que no tuve más remedio que quedarme y esperar a que terminara sus estudios, y ahora que ya término su carrera, de ella salió venirnos y aquí estamos desde hace ya un tiempo!

(Nana)¿Me enteré que está trabajando en Santa María?
¡Aún no tengo el gusto de saludarla!, Ya vez que me la paso muy ocupada, y desde que la

Señora María murió tuve que entenderme de la casa y allí me la paso.

(Ruth) ¿Por cierto? conocí al hijo de Antonieta, y por él me enteré que había muerto mi gran amiga.

(Nana) ¿¡Ya conociste a Sebastián!?)

(Ruth) A mí Elenita se le poncho una llanta de su carro y Sebastián le ayudo y la trajo aquí y entre plática y plática salió el tema y resulto ser hijo de mi querida amiga Antonieta.

(Nana) ¡De eso mismo quiero hablarte Ruth!, ¿Quiero pedirte un grande favor con respecto a Sebastián? ¡Quiero que lo convenzas de que se marche de santa María!, ¿¡Que ese no es su lugar!? ¡Él es médico veterinario!, ¿pero en la hacienda nadie lo sabe?, por motivos que ya después te contaré, ahora sólo quiero que él salga de la hacienda. ¡Tú más que nadie sabes qué no debe estar ahí!

(Ruth) ¡Dios santo no me había dado cuenta del riesgo que corre el estar cerca de....!

(Nana) ¡Ni lo menciones Ruth! No quiero que la memoria de mi hija se manche. ¡Ahora con la llegada de ese muchacho van a llover lágrimas en Santa María!

(Ruth) ¿Aré lo posible por convencer a Sebastián que lo mejor es, que salga de ahí y busque trabajo aquí en la Ciudad o en alguna otra?

(Cuca) ¡Te lo agradezco Ruth!, ¡Tú más que nadie sabe lo que sufrió mi querida Antonieta y ahora no quiero lo mismo para mi nieto que es lo único que me queda en la vida!

¿Me tengo que ir Ruth porque aún tengo que pasar por el mercado para hacer unas compras aprovechando que vine a la Ciudad?

(Ruth) ¿Espero no sea la última que vez que me visite?

(Nana) ¡Ya verás que no mujer!, Mi casa está aquí cerca y vendré para darle una sacudida ahora que Sebastián se vino a vivir allí.

(Ruth) ¿Qué le parece si nos vamos juntas, así aprovecho para comprar algo por el mercado y pagar algunas cosas que me encargo mi Elenita?

(En la hacienda)
(Sebastián y Mateo)
(Mateo) ¿Sebastián? ¡Quiero mi caballo!
(Sebastián) Enseguida Mateo.
(Mateo) ¿Oye?, Creo que entre tú y yo existe una gran diferencia y creo que es más que notable o ¿quieres que te lo expliqué con manzanas?
(Sebastián) ¡Está bien joven Mateo, lo que usted ordene!
(Mateo) ¿Ya vez que si se puede?
(Sebastián) (¡Me parece que entre este y yo las cosas no van a ir nada bien, espero no perder mi trabajo por su causa!)

(Don Raymundo) ¡Elena!, estoy buscando a mi hijo, ¿tú sabes para dónde salió?

(Elena) Comento algo sobre encontrarse con Alejandro en los potreros y ver lo que hacía falta con los herbicidas.

(Raymundo) ¡Elena! No había tenido oportunidad de agradecerle por el magnífico trabajo que ésta realizando. Espero y mi hijo no le haya hecho ya alguna de sus groserías como acostumbraba hacerlo con las anteriores asistentes que le he puesto.

(Elena) No Don Raymundo, ya tuvimos una plática sobre eso y téngalo por seguro que sé guardar mi distancia, y si quiere propasarse, con todo y su permiso tengo buenos puchos para defenderme.

(Don Raymundo) Esa actitud me agrada Elena, tal vez eso le haga recapacitar que no es posible jugar con cuanta mujer se le ponga.

(Alejandro y Mateo)
(Mateo) ¡Que tal Alejandro! ¿Cómo van las cosas por estos rumbos de la Hacienda?
(Alejandro) ¡Todo bien Mateo! Con mucho calor como siempre pero, tendremos que madrugar de aquí en adelante si queremos sacar el trabajo a buen tiempo.
(Mateo) ¿¡Tú tienes el control sobre ellos Alejandro!? No quiero que se retrasen lo trabajos, sino ya sabes cómo se pone mi padre si las cosas no salen como él las pide. ¿Tienes la

lista de los químicos que necesitamos para los plantíos?

(Alejandro) ¡Estos son los que necesitamos por lo pronto para iniciar, los otros te los are llegar con Sebastián!

(Mateo) ¿Por cierto? Espero le vayas diciendo a tu amiguito como se debe dirigir hacia los patrones, me trata como si no existiera clase entre trabajador y obrero.

(Alejandro) ¿¡Ya veo que entre ustedes ha nacido una rivalidad!?, pero no es para que lo tomes de esa forma Mateo; él solo trata de ser amable contigo y quiere quitar esa barrera, ¿no veo porque tú y él no puedan llegar hacer amigos?

(Mateo) ¿Sé que es una tontería pero siento que me viene a quitar algo, no sé qué sea, pero no quiero que me agarre de sorpresa?

¡Y por lo que veo a ti ya te gano con su risa!

(Alejandro) Eso es lo que tiene Sebastián, que siempre anda de buen humor, y para todo tiene una respuesta.

(En la oficina. Sebastián y Elena)

(Sebastián) ¡Hola Elena! ¿Cómo estás?

(Elena) ¡Bien! ¡Muchas gracias Sebastián!

(Sebastián) Vengo a ver si ya llegaron las nuevas vacunas para los caballos.

(Elena) Sí, ya llegaron, son estas que están en esas cajas.

(Llega Mateo) ¿Qué haces tú en la oficina? ¿Aquí no es tu trabajo?, ¡No porque conozcas a Elena puedes venir a verla a cada rato! Será mejor que te retires a tus labores Sebastián *(En ese instante llega corriendo Jacinto uno de los trabajadores de la hacienda y les dice: ¿Sebastián? ¡El caballo que monta el patrón Don Raymundo se puso muy mal, está en las caballerizas!)*

(Sebastián) ¡Vamos!, ¡vamos!

(Mateo) ¡Elena por favor llama al veterinario!, ¡No creo que Sebastián tenga algo de noción de veterinaria! El teléfono se encuentra en la agenda.

(Elena) ¡Enseguida le llamo Mateo!

(Don Raymundo) ¿¡Qué pasa Mateo porque son esos gritos!?

(Mateo) ¡Su caballo se puso muy enfermo! y Sebastián no estaba en su lugar de trabajo y uno de los peones vino avisarle. ¿Ya llamaron al veterinario?

(Elena) ¡Sí Sr pero me dicen en su consultorio que salió de la ciudad por una emergencia y no saben a qué hora regrese!

(Don Raymundo) ¿Entonces busque uno en el directorio, a mi caballo no le puede pasar nada malo?

(Sebastián) ¿Qué le paso al caballo muchachos, si hace rato que yo andaba por aquí estaba bien?

¿Alguien de ustedes miro si comió algo, o si bebió algo?

(Doroteo, otro de los peones dice:)

¡Sebastián, yo encontré este líquido cercas de aquí entre unos arbustos, y te aseguro que por estas áreas no está permitido tirar ningún químico!

(Sebastián) ¿Haber permíteme que clase de líquido es? ¿¡Efectivamente es un pesticida!?

(Don Raymundo) ¿Qué es lo que tiene mi caballo Sebastián, por qué no reacciona?

(Mateo) ¿Papá para que le preguntas a éste, si ni siquiera tuvo al cuidado de los animales?

(Don Raymundo) ¡Espérate Hijo!, ¿Deja hablar a Sebastián?

(Sebastián) ¡Al parecer alguien puso este pesticida en el alimento del animal!, pero sino se le hace un lavado inmediatamente tendremos que sacrificarlo.

(Don Raymundo) ¡Y el veterinario del pueblo salió de emergencia y no saben cuándo regrese!

(Mateo) ¡José! (Otro peón) Tráeme por favor el maletín que tengo en mi carro.

(Mateo) ¡Papá!, ¿vas a permitir que éste le ponga las manos a uno de nuestros mejores caballos?

(Sebastián) ¡No le había querido decir Don Raymundo en realidad por temor a que no me diera trabajo en santa María!

Sí me llamo Sebastián Almanza, y soy de profesión médico veterinario certificado, aquí tiene mi matricula que lo certifica.

(Don Raymundo) ¡No es necesario muchacho!, creo en ti. Ahora has lo que tengas que hacer por salvar este animal. Ustedes también jóvenes ayuden a Sebastián en lo que necesite.

(Pasadas algunas horas el animal se estaba recuperando satisfactoriamente. A Sebastián se le asignó el cargo de médico veterinario de toda la hacienda. Pasadas unas semanas todo transcurría sin ninguna novedad; Hasta que empezaron a aparecer algunas cosas extrañas y escuchar ruidos extraños)

(Nana) Hoy es día de cambiar todas las cobijas de toda la casa, en especial de las de don Raymundo, haber voy a poner las colchas que le gustaban a mi difunta patrona la señora María. ¡Qué raro! ¿Dónde las abre puesto, si siempre están en sus lugares de costumbre? Voy a preguntar a Consuelo y Petra (Sirvientas) si las pusieron en alguna otra parte.

¿¡Tú Petra y tu Consuelo alguna de ustedes saben dónde están colchas que tanto quería la difunta María!?

(Petra) ¿Nana Cuca, usted es la única que se encarga de las recamaras de los patrones, nosotras poco entramos a sus habitaciones?

(Consuelo) ¿Tal vez las puso en otro lugar de la casa y no recuerda? Con eso que la hacienda es tan grande que hasta da miedo andar sola por los rincones que hasta he llegado a escuchas voces

(Nana) ¡Voces! ¿De qué o de quién?

(Consuelo) Pues unas voces muy raras, a mí se me hace que la patroncita anda como ánima en pena. ¡De tan solo pensar ya la carne se me puso como de gallina!

(Nana) ¡Que anima ni que ánima consuelo! Si la difunta María era un alma de Dios y no tenía a que venir. ¡Además está en el campo santo! Y yo misma la vi salir en su féretro de aquí mismo.

(Petra) ¡Pero ese velorio fue muy raro nana Cuca! El patrón no dejo que viéramos a la difunta señora. Siempre mantuvo su ataúd cerrado.

(Nana) ¿Cómo querías que la viéramos si su rostro quedo todo desfigurado por el accidente? Y el doctor Aníbal Montes les dijo a los patrones que era mejor que no la viéramos para no quedarnos con esa última impresión de ella.

¡Y hablando del doctor Montes! Ya tiene algún tiempo que no viene por la hacienda, recuerdo que después de la muerte de la señora, casi venia todos los días. ¡Bueno, ya basta de chismes, vamos a trabajar que ya es muy tarde!

(Las miradas que Sebastián le hace a Elena son muy notorias para todos. Alejandro le dice a Sebastián que no tarde mucho en conquistarla ya que Mateo no pierde oportunidad para tratar de

conquistarla, pero ella lo rechaza por la fama que tiene. Ah Sebastián los celos lo matan de pensar que siempre se la pasan juntos en la oficina y no puede hacer nada. Alejandro sea convertido en el mejor aliado de Sebastián para ayudarle a conquistar a Elena. Cada día aparece en el escritorio de Elena una rosa, pero Elena piensa que es de Mateo. Elena se siente más atraída por los coqueteos de Mateo y por otro lado Sebastián le atrae su ternura y su forma de ver el lado bueno a la vida. Sebastián se decide conquistarla y hace lo siguiente)

(Sebastián y Elena)

(Sebastián) ¡Buenas tardes Elena! Perdón que te venga a ver a tu casa, pero quiero invitarla a dar un paseo, aprovechando que la tarde ésta fresca.

(Elena) ¿Acepto la invitación, con la condición de que yo elija el lugar?
(Sebastián) ¡Sí es así no pondré ninguna objeción! ¡Vamos!
¡Qué lugar tan agradable Elena!, nunca imagine ver estos lugares tan bellos y tan llenos de magia. ¡Pero lo que hace más bello es tu compañía!
(Elena) ¿No te pongas sentimental Sebastián? Cuando era niña estos eran mis lugares favoritos para pasear, mis padres siempre venían, decían

que ellos se enamoraron precisamente en estos lugares donde todo parece mágico y el tiempo parece que no camina a pesar de los años.

(Sebastián) ¡Elena yo! ¡Yo quiero decirte que desde que te vi la primera vez sentí algo paso dentro de mí! ¿No sé lo que es, pero no he dejado de pensar ni un instante en ti, y el corazón se quiere salir cada vez que te veo y quiero abrazarte y no soltarte?

(Elena) Realmente me dejas sin palabras Sebastián, yo no sé qué decir. Todo esto me toma por sorpresa.

(Sebastián) ¿Cada vez que dejo la rosa sobre tu escritorio ciento que pones tus labios sobre ella me hace sentir que existe una esperanza?

(Elena) ¿Tú eres el que pone las rosas en mi escritorio? Yo pensé que era…

(Sebastián) ¿Quién, Mateo? ¿Es de él de quien estas enamorada? ¿Por eso no me puedes ver con otros ojos?

(Elena) ¡No se Sebastián sólo estoy confundida!, ¡Pensé! Mateo y yo…

(Sebastián) ¡No te preocupes Elena yo entiendo, será mejor que olvides lo que te dije!

(Elena) ¡Perdóname Sebastián, nunca pensé que sintieras eso por mí, yo solo te veía como un buen amigo y nada más!

(Esa noche Mateo Vuelve a las andadas y sale a las cantinas del pueblo. Y como es costumbre

Alejandro lo acompaña para que no vaya a cometer alguna tontería. Cada día extraña más a su madre y no sabe cómo luchar por su ausencia. Se le revela a cada instante y piensa que su madre ésta sufriendo y él no puede hacer nada para remediarlo.
(Alejandro y Mateo)

(Alejandro) ¡Vamos para que te duermas Mateo, es tarde y necesitas descansar!

(Mateo) ¡Vete tú a dormir la mona, yo quiero dar una vuelta por la casa!, ¿¡Quiero sentir que mi madre camina conmigo como en nuestros tiempos!? ¡Sabes! Después que ella y yo regresábamos del pueblo, nos gustaba recorrer la hacienda casi a la media noche y caminar solos con la luz de la hermosa luna, y me contaba lo feliz que era conmigo y con mi padre.

(Alejandro) ¡Me parece bien que la recuerdes pero ahora estas tomado y te hace daño así como andas!

(Mateo) ¡Mira pájaro nalgón!, déjate de tonterías y vete a dormir la mona, yo me voy al rato.

(Alejandro) ¡Está bien como quieras, ya me canse ya de ser tu nana! ¡Hasta mañana!

(Mateo se retira para estar un poco solo y se va hacia un lugar apartado de la hacienda y sentir la presencia de su madre que tanta falta le hace.)

(Mateo) ¡Mamita como te extraño! ¡Veo tu sonrisa por donde quiera, aún huelo tu aroma por estos rumbos, me dejaste sólo! ¡Perdóname, la culpa de tu partida fue mía; yo fui el causante de tu partida y eso no me lo puedo perdonar, y creo jamás estaré tranquilo hasta que yo te lo pueda decir cara a cara, y eso solo lo are el día de mi muerte y estemos los dos nuevamente juntos! No te pude pedir perdón ya que no me dejaron acercarme a tu féretro)

(Mateo entre su borrachera escucha la voz de su madre, pero la escucha muy confusa ya que son dos voces diferentes, tal vez piensa que todo es producto de su imaginación o de su borrachera. Pero aun así la voz que escucha lo llama con insistencia y pero cada vez que la escucha siente que se va alejando más y no logra saber de dónde proviene.)

(Mateo) ¡Creo me estoy volviendo loco! Creo escuchar a mi madre. ¡Pero! ¿Cómo pedirte que me perdones? ¿Yo no quería hacerlo? ¡Todo era tan confuso esa noche, que a duras penas logro acordarme de los detalles, y no me atrevo a preguntarle a mi nana sobre ello, lo único que se es lo que me cuenta Alejandro, pero él al igual que yo también se tomó unas copas pero estaba más lúcido que yo mismo! ¡Dios! Si al menos lograra recordar que es lo que realmente ocurrió aquella noche y lograr descifrar ¿¡porque mi madre venía manejando y porque tan toche!? ¡Si ella sabía que andaba con Alejandro! Y además no se sentía muy bien. Todo me da vueltas y no logro concentrarme y la angustia me mata. Será mejor irme a dormir y olvidarme de lo que creí escuchar.

(Sebastián) ¡Cuca buenos días!, me vine temprano para saludar a la más bella de las abuelas.

(Cuca) ¡No seas barbero Sebastián! ¡Además ya te dije que el patrón no sabe que eres mi nieto! ¡Y ya no me hagas tanta preguntadera que Consuelo y Petra me traen hecha loca! con eso de los fantasmas, ya los años me cansan hijo, ya no recuerdo ni donde dejo las cosas y eso me preocupa, porque sí es así con todo el dolor de mi corazón dejaré santa María para refugiarme en algún asilo.

(Sebastián) ¿¡No es para que te pongas en ese plan abuela!? Tú no estás tan viejita para decir eso, tal vez un poco cansada y necesitas unas buenas vacaciones, ¿¡Y eso de los fantasmas!? ¿A qué te refieres? ¿Yo que recuerde tu nunca has creído en esas cosas?

(Nana) ¡Lo sé hijo! ¡Pero estas chamacas dicen escuchar voces muy raras y ya hasta me contagiaron el miedo! y para remate no encuentro unas cobijas que tanto le agradaban a mi señora María. ¡Por eso te digo que me estoy volviendo más vieja!

(Sebastián) ¿Y porque mejor no vas al médico y te receta unos calmantes?

(Nana) Ya no tarda en venir el Doctor Aníbal Montes, es el médico que atendió a la señora María el día del accidente y que después estuvo que estar viendo al Sr. y ha Mateo ya que quedaron con los nervios destrozados y desde entonces de vez en cuando se da sus vueltas por la hacienda.

(Sebastián) ¿¡Ese Dr. Montes no es el mismo que atendió a mi madre cuando ella murió!? ¿Qué coincidencia de la vida, que ese mismo Dr. también atienda a esta familia?

(Nana) ¡Así es hijo a mí también se me hace mucha coincidencia, pero tal vez como es buen médico, por eso el patrón lo contrato!

(Sebastián) Está bien Cuca, pero si no viene pronto el doctor Montes me avisas para llevarte con otro médico, ¡Eres lo más importante mi viejita chula y no quiero que nada te pase!

(Nana) ¡Muchas gracias Sebastián! Yo también te quiero mucho, pero ya vete a trabajar, no quiero que te llamen la atención.

(Sebastián) ¡Y sobre todo tú consentido Mateo! ¡Ya miré que no soy de su agrado y creo le soy correspondido! Anda metiéndose en terrenos ajenos. ¡Puede mandar en Santa María pero con los sentimientos de ella no se juega y eso no se lo voy a permitir!

(Nana) ¿De ella? ¿Quién es ella mijo? Oh si no me equivocó ¿es con Elena? Te interesa mucho, ¿dime la verdad?

(Sebastián) ¡No lo sé Cuca!, al parecer no le es indiferente Mateo y yo por estúpido le confesé que sentía algo por ella, pero me rechazo, ¡Ella le interesa ese! Pero no quiero hablar más de ese asunto. Mejor me voy porque tengo que ver unos asuntos pendientes. ¡Cuídate!

(Elena y Mateo) ¡Hola Elena!, ¿cómo estás?

(Elena) ¡Hola Mateo!, ¿qué haces tan temprano en la oficina? Pensé que andarías en la ciudad viendo lo de los materiales.

(Mateo) Sí, ya casi salgo, solo quise pasar un momento para saludarte. ¡Sabes! Eres una mujer muy especial Elena

(Elena) ¿A qué te refieres con eso de especial? Espero no sea una de tus bromas o me quieras ver la cara como a una más de tus conquistas.

(Mateo) ¡No, eso no! Con tu actitud y forma de ser, me doy cuenta del gran ser humano que eres y eso es lo que te hace ser especial. A cada rato pienso en ti y lo bello que sería si me dieras una oportunidad para conocerte un poco más.

(Elena) ¡Mateo! Quisiera estar segura de lo que me dices, no quiero caer como tonta entre tus redes, yo no soy juguete de nadie, y no suelo mezclar mis asuntos personales con los de mi trabajo. ¡Aparte eres el hijo del patrón y no quiero ser la comidilla en la hacienda! Sabes a lo que me refiero y yo…

(Mateo la tomo de entre los brazos y se fundió entre los labios de Elena sin que ella pusiera la más mínima resistencia ya que en el fondo ella

anhelaba ese gran beso. Mateo sintió en ese beso que ella es la mujer perfecta para formar un hogar. Sin decir palabra Mateo se separó de ella y le dejo sin palabras.

(Sebastián) ¡Virgen de Carmen! ¡Que le ésta pasando a mi corazón, acaso con lo que ha sufrido a consecuencia de la traición de aquella mujer y mi corazón aún no entiende! ¿Había prometido cerrar las puertas al amor y no poner los ojos en alguien más, pero el destino me pone a Elena y no sé si sea sólo un amor pasajero? ¿Hemos cruzado pocas palabras pero mi corazón anhela volver a verla y contantemente quiero escuchar su voz, pero para colmo de mis males se siente atraída por Mateo y me revienta de celos pensar que siempre están juntos, pero por más que trato de decirle a mi corazón que se valla despacio no logro controlarlo?

(Alejandro llega inesperadamente)

(Alejandro) ¿Otra vez suspirando por ella?

(Sebastián) ¿Cómo sabes que es por una mujer?

(Alejandro) ¿Basta verte la cara para saber que es por una mujer por la que sufres? ¡Animo Sebastián!, ¡mujeres hay muchas para estar sufriendo por una! ¿Oh quizás ya te ha hecho sufrir una, no es así? Lo veo en tu rostro Sebastián. ¿Oh ha caso me equivoco?

(Sebastián) ¿Oye eres brujo o qué? ¿¡Parece como si supieras toda mi vida, pero tienes razón!? Hace algún tiempo existió alguien y que sólo jugó con mis sentimientos y me hizo mucho daño y desde entonces lucho por olvidarme del amor, ¡Pero ahora!

(Alejandro) ¡Ahora el amor volvió a tocar a tu corazón y te encuentras confundido! ¡Y para variar si no me equivoco es por Elena! ¿No es así?

(Sebastián) ¿Cómo sabes que es ella?

(Alejandro) ¡Pues por las miradas que le hechas cuando la vez!

(Sebastián) ¿Apoco se me nota mucho?

(Alejandro) ¡No! ¿¡Claro que se te nota Sebastián!?

(Sebastián) ¿Entonces ayúdame? ¿Dime como le hago para conquistarla?

(Alejandro) ¿No me pongas en esa situación Sebastián?

(Sebastián) ¿Supongo es por Mateo? ¡Elena me confeso que no le es indiferente y ante eso no puedo hacer nada!

(Alejandro) ¡Sera mejor que mires para otro lado Sebastián; si ellos se gustan, a mí me daría mucha pena que salieras lastimado! ¡Así que mejor olvídala!

(Sebastián) ¡Quizá tengas razón!, Será mejor olvidar esta tontería. ¡Mejor vamos a seguir trabajando!

(En la casa.)

(Don Raymundo) ¡Dr. Montes como esta! ¡Bienvenido a Santa María! Ya tenía mucho sin darse una vuelta por acá. ¡Ya se le extrañaba!

(Dr. Montes) Estuve unas semanas por la capital en algunos cursos, ya sabe cómo es esto de ser médico, siempre hay que estar actualizándose, ¿y cómo están las cosas por estos rumbos?

(Don Raymundo) Ya un poco más tranquilos Dr. ¡Excepto Mateo que no ha dejado las andadas y cada que puede se toma sus copas y se deprime mucho por la muerte de su madre!

¡Pero vamos a mi recamara para que me examine y en seguida mando llamar a Mateo!

¡Petra por favor dile a la nana Cuca que nos lleve algo de tomar a mi recamara!...

(Petra) ¡Enseguida don Raymundo!

Nana Cuca, dice el patrón que le lleves algo de tomar a su recamara y también al Dr. Montes.

(Nana) ¿El Dr. Montes está aquí? ¡Qué bueno que vino, me va a dar gusto saludarlo, enseguida les llevo algo para tomar!

(Un rato Después)

(Nana) ¡Dios santo se me hizo un poco tarde para traerles algo de tomar! *(Ella toca la puerta varias veces así que entra)* Permiso patrón, les traigo algo para tomar. ¿A dónde se fueron que no les vi salir? ¡Sí la puerta estaba bien cerrada, y me aseguraron que estarían en la recamara!

¡Petra!, ¡Petra!, ¿No me dijiste que el Dr. y el patrón estarían en la recamara? Subí pero en ella no estaba nadie. ¿No entenderías mal y te dijeron que en el estudio?

(Petra) ¡No! ¡Clarito escuche que en la recamara del patrón! ¿Mire, ahí vienen, y vienen de la recamara del patrón?

(Dr. Montes) Pues mil disculpas Don Raymundo, ya ve como son las emergencias, vendré en un par de días con calma y revisaré a Mateo.

(Don Raymundo) ¿Consuelo acompaña al Dr. a la puerta? ¡Nana, muchas gracias por el agua, estaba muy deliciosa!

(Nana) ¡Pero Don Raymundo sí yo fui a su recamara y usted y el Dr. Montes! ¿No se encontraban ahí dentro?

(Don Raymundo) ¡Pero nana Cuca!, ¡sí nosotros ahí estábamos ahí y nos dejaste el agua mujer, se me hace que estas enferma!

(La nana Cuca se va directo a la cocina imaginando que se estaba volviendo loca)

(Nana) ¡Virgen del Carmen! ¿Si yo entre y no mire a nadie?, ¡no existe ninguna puerta para que ellos se hayan salido! ¡Creo ya me estoy volviendo loca o quizás los años ya están pesando mucho! Será mejor no decir ya nada, no quiero que me traten como una vieja demente.

(Transcurrían los días y la nana Cuca se había tranquilizado, le había dicho a Sebastián que el Dr. Montes la había examinado y le

recomendó un poco de reposo. Pero no lograba quitarse aquella situación de había pasado.)

(Los amoríos de Elena y Mateo iban muy bien, Sebastián moría de celos cada vez que los veía salir de la oficina y de la mano. No había ocasión en que ellos se enfrentarán pero Don Raymundo como persona sensata lograba calmar los ánimos de ambos y ponía orden.

Por otra parte Elena sentía una grande alegría cada vez que veía a Sebastián y sentía una atracción que no lograba dominar. Sin embargo había cosas muy similares entre ellos que la confundían. Los dos tenían las mismas bromas, utilizaban palabras casi iguales, en ellos había mucha similitud, cosa que no podía explicar, pareciera como si fueran familia, pero era imposible, ya que nunca se habían conocido.)

(Ruth) ¿Elena que haces aquí en la sala y con la luz apagada?, ¿te sientes bien? ¡Desde hace días te he notado algo triste, tienes algún problema con tu novio!

(Elena) ¿Ruth me siento muy confundida conmigo misma y siento estar traicionando el amor de Mateo? ¡Veras! ¡Me siento atraída por Sebastián! ¿Pero yo sé que al que amo es a Mateo? ¡No quiero jugar con ninguno de los dos, me siento mal conmigo misma, estoy traicionando el amor que Mateo ha depositado en mí! ¡Pero no logro entender porque a veces actúan casi iguales, tienen los mismos gustos para algunas cosas, hay mucha similitud entre ambos, sus bromas, la forma de verme! ¿¡Cómo si fueran gemelos o algo así!? Pero se perfectamente que no hay ningún tipo de lazo que los llegue a unir. Y por eso me encuentro tan confundida y no sé qué hacer mamá.

(Ruth) Pues se sincera contigo misma hija, y no te dejes guiar por la belleza solamente, ya que los dos son unos mangos.

(Elena) ¿Mamá como dices eso?

(Ruth) ¡Es la verdad! Hoy en día las muchachas se dejan ir sólo por lo físico y no por lo que les dicte su corazón. ¡Pero yo confió en tu corazón y sé que tomaras la mejor decisión! Así que te dejo sola para que lo medites bien, que descanses hija.

(Ruth en su habitación)

¡Dios santo! ¡¿Las cosas se están complicando, mi hija ya noto que en algo se parecen estos muchachos, puede ser que la verdad se encuentre más cerca de lo que esperamos!? ¡Hay Antonieta! Tú que estas más cerca de Dios intercede para que nadie salga lastimado de esta verdad que tú nunca quisiste que se llegara a saber. Mañana mismo iré a la hacienda para platicar con la nana Cuca y ver de qué forma podemos sacar a Sebastián de Santa María.

(Mateo) Ya han pasado algunos días desde que escuche la voz de mi madre, y aún siento escucharla por los rincones de la hacienda; aquí en este lugar donde empecé a escucharla, no recuerdo con exactitud por la borrachera que traía en ese día pero las voces provenían de esas paredes. ¿Pero no puede ser, si del otro lado solo están las caballerizas y no hay por donde se puedan filtrar alguna perdona, yo conozco perfectamente la hacienda y sé que en ella no hay ningún pasadizo, al menos qué yo sepa?, ¿Aún qué? ¡La que puede llegar a saber algo más acerca de la hacienda es la nana Cuca, ella lleva más años aquí y sabrá alguna historia o algo que me oriente sobre lo que escuche aquella noche!

(Alejandro) ¿Qué haces aquí tan noche Mateo?

(Mateo) ¡Hay mamita! No me llegues por la retaguardia pájaro nalgón mira que por poco me sacas el corazón del susto.

(Alejandro) ¡Así tienes la conciencia amiguito! ¿Qué haces viendo esa pared? ¡Te advierto que no es el muro de las lamentaciones!

(Mateo) ¡Ya lo sé Alejandro!, ¿Solo que desde mi última borrachera, la recuerdas verdad?

(Alejandro) ¡Claro que la recuerdo! No se me pasa nada. ¿Pero qué tiene que ver con este muro?

(Mateo) ¡Pues esa noche me vine caminando pensando en mi madre!, Anhelando volver a verla, ¡pero!, ¿algo extraño me sucedió? ¡Claramente escuche su voz!, ¡También oí otra voz que no era la de mi madre! Esa voz nunca la había escuchado, eran voces de angustia, ¿cómo si estuvieran atrapadas?

(Alejandro) ¿Pero la voz de tu madre?

(Mateo) ¡Sí, sí! ¿Alejandro, era mi madre? ¡Pero no me explico porque la escucho sufriendo!

(Alejandro) ¿Cómo quieres que no sufra si no la dejas descansar a gusto y menos cuando te empinas el codo?

(Mateo) ¿Mañana le preguntaré a mi nana, si existe alguna leyenda de la hacienda?

(Alejandro) ¿No será mejor que veas al Dr. Montes?, Tal vez estas alucinando, y no quiero volver a verte deprimido como cuando murió la Sra. María que en gloria este.

(Ruth) ¡Nana Cuca, buenos días!

(Nana) ¡Mujer de Dios!, ¿qué milagro que vienes por la hacienda?

(Ruth) Aprovechando que mi hija viene a trabajar, me le pegue para visitarla y recordar viejos tiempos, ya que tenía años de no pisar Santa María. ¿Pero no me agradezca mucho la visita que lo que le vengo a decir no le va a agradar?

(Nana) ¿No me asustes Ruth?, que ya en estos días he estado con los nervios de punta, hasta le mentí a Sebastián que había ido con el Dr. ¡Pero cuéntame que es eso que te trae tan afligida!

(Ruth) Se trata de mi Elena, Mateo y Sebastián. Ella ahora es la novia de Mateo. Pero también siente atracción por Sebastián, pero eso no es lo peor, sino que ya ha encontrado similitudes entre los dos jóvenes de las cuales usted y yo sabemos. ¡Y la verdad estoy muy angustiada por lo que se pueda llegar a descubrir! ¿Se imagina si ellos saben la verdad? (Nana) ¡Virgen santa! ¡Ni lo digas, sería como si las sacáramos de sus sepulturas! ¿Que más te conto Elenita?

(Ruth) Pues de su forma de decir las cosas, las bromas, las miradas y esas cosas que ya sabe.

(Nana) ¡Sí algo me decía que la llegada de Sebastián a Santa María no iba hacer para bien! Y para colmo de mis males me estoy volviendo cada día más vieja y tonta

(Ruth) ¿Porque lo dice nana?, ¿Si usted se conserva muchísimo, ya quisiéramos tener la vitalidad que usted tiene?

(Nana) ¡No Ruth!, Figúrate que el otro día vino el Dr. Montes a ver al Sr Raymundo. Don Raymundo me pidió algo de tomar y que se los llevara a su recamara, así lo hice, fui pero no encontré a nadie ahí, y al cabo de un rato salieron los dos de ahí... ¡Y el patrón me dio las gracias los las bebidas! ¡Pero yo nunca los miré ahí dentro! ¡Ahora siento volverme loca!, ¡Para colmo de los males las cocineras andan soltando la lengua diciendo que han escuchado la voz de la Sra. María! Yo no sé qué hacer y ahora con la noticia que tú me traes, siento que el mundo se me viene encima.

(Ruth) ¡No sé qué decirle nana, todo esto me parece muy raro! ¿De pronto se me vienen tantas cosas a mi mente, la muerte de mi amiga Antonieta, la muerte tan repentina de la Sra.

María? ¡Todo paso por los mismos días! ¡Siento como si una se haya llevado a la otra a la tumba!, como para que ese secreto nunca se llegara a descubrir, pero veo que sus muertes fueron inútiles, siento un escalofrío por todo mi cuerpo como si las cosas se fueran a complicar bastante, y ahora los más perjudicados son estos jóvenes y que de paso se llevan a mi Elena entre las patas.

(De pronto aparece Mateo.)

¡Señora Ruth que milagro que usted nos visita!, ¿no sabía que conociera a mi nana Cuca?

(Ruth) ¡Huy!, Nos conocemos de hace ya mucho tiempo muchacho, sólo que nos vemos muy poco, y pues quise aprovechar que mi hija viene para acá y darle una vuelta a mi nana, pero la plática se extendió bastante y ya se me hizo muy tarde para regresar.

(Mateo) ¡No se preocupe Sra.! Aquí afuera se encuentra uno de los peones, dígale de mi parte que la lleve a su casa.

(Ruth) ¡Muchas gracias joven, yo me retiro, permiso hasta luego!

(Nana) ¿Y ahora tú que te trae tan temprano por la cocina, acaso te quedaste con hambre y vienes para que te de algo, como cuando eras un mocoso?

(Mateo) ¡Ja, Ja, Ja! No, nada de eso nana, desayune muy bien en la mañana, el motivo de mi visita es que quiero hacerte una preguntas y quisiera que fueras lo bastante honesta pero no quiero que pienses que me estoy volviendo loco.

(La nana Cuca piensa y se aflige bastante, pensando en que Mateo haya descubierto parte de la verdad.)

(Mateo) Mira nana hace unos días caminaba por la parte de la hacienda, andaba yo un poco pasado de copas, pero escuche a lo lejos la voz de mi madre, ¡Te juro por su memoria que era ella!, Sé que no me lo creerás pera era ella, y no solo ella, sino también entre esa voz había la de otra mujer, que al parecer juraría que eran de la misma edad, por la misma tonalidad que usaban. Y mi pregunta es: ¿¡S tú sabes alguna leyenda o historia acerca de fantasmas por los alrededores o algo que me ayude a entender que fue lo que escuche!? ¡Todo fue tan real nana!, Que parece como si aún las estuviera escuchado. No me atrevo a preguntarle a mi padre, no quiero que piense que todo es producto de mis borracheras. ¡Oh peor aún! Que me diga que estoy perdiendo la razón.

(Nana) ¿Pues que yo sepa algo acerca de alguna leyenda no mijo? Llevo años trabajando aquí y nunca he escuchado nada, solo sé que aquí con la llegada de los españoles se construyó parte de esta hacienda y que existen subterráneos pero nadie ha encontrado nada. ¿Hace muchos años se decía que se perdía gente por estos rumbos pero nunca se ha llegado a comprobar nada? ¿Mucha gente piensa que se perdieron por esos túneles que se dice que existen pero que jamás encontraron la salida y que murieron ahí dentro?

(Mateo) ¿Entonces tú crees que la voz que yo escuche sea la voz de esas personas de las que tú me estás hablando?

(Nana) ¡No lo sé Mateo! Yo solo te comento lo que la gente dice, pero eso según se dice pasa cada año y yo la verdad no le pongo mucha atención. ¡Quizás porque me la paso en mis deberes de casa!, ¡Pero! ¿¡Esa voz que dices que escuchaste no puede ser de tu madre, ella está enterrada en el camposanto y la otra persona que te digo son casos diferentes!?

(Mateo) ¡No lo sé nana, todo es tan extraño! ¿Y porque escuche esa voz que era la de mi madre?, Se me viene a la mente que cuando ella murió no la mire, no le di el abrazo del adiós.

(Nana) ¿¡No te sigas atormentando por eso que ya paso!? ¡No quiero verte enfermo de nuevo, será mejor que olvides lo que escuchaste o creíste haber escuchado!

(Mateo) ¡Tal vez tengas razón mi nana, será mejor olvidar esto y concentrarme en mi relación con Elena, eso me hace muy feliz, por fin siento haber encontrado a la mujer de mis sueños!

(Nana) ¡Así me gusta escucharte hijo, tú debes de estar tranquilo para que esa relación no salga afectada!

(Elena y Sebastián)

(Sebastián) ¡Elena buenos días! ¿Cómo amaneciste hoy?

(Elena) Muy bien gracias, y gracias también por seguir poniendo la flor sobre mi escritorio, pero será mejor que ya no lo hagas, ¿¡Tú sabes que Mateo y yo estamos saliendo!? No quiero tener un mal entendido con él, ¿tú me entiendes verdad Sebastián? Yo te estimo mucho, no sabes cuánto, pero no quiero que te sigas haciendo alguna falsa ilusión. Sé que en parte yo tengo la culpa, ya que no me eres indiferente, eres muy atractivo no lo puedo negar, pero hay cosas que el corazón no las entiende ¡Y esa es una de ellas! Por favor no te sientas mal por lo que te acabo de decir....

(Sebastián) ¡No te preocupes Elena! Ya no te pondré la rosa como todos los días, y le diré lo mismo a mi corazón, que no voltee a verte, porque cada vez que lo hace siento como si le desgarrara una parte de él y ya no quiero que sufra de ese modo. ¡Pero eso sí te digo! ¿Si Mateo te hace sufrir se las verá conmigo?

(En ese momento llega Mateo)

¿Pasa algo Elena? ¿Y tú que haces aquí?, ¿Pasa algo con los animales?

(Sebastián) No pasa nada, sólo pase a dejarle algo a Elena, pero ya me iba.

(Mateo) ¿Y está rosa?, ¿Quién te la trajo Elena?

(Elena) Mi mamá me la trajo, como se vino conmigo, pues antes de irse paso a despedirse de mí y me la dejo.

(Sebastián) yo me retiro Elena, permiso, hasta pronto...

(Mateo) ¿No me agrada nada la forma con que te mira Sebastián, sé que no le eres indiferente, y prefiero que lo trates lo menos posible?; no me gustaría ponerlo en su lugar y que por su culpa tú y yo tuviéramos algún problema.

(Elena) ¡Mateo! Sebastián sólo trata de ser amable conmigo, no me gustaría ser grosera con él y negarle el saludo. ¡Aparte somos compañeros de trabajo y por fuerza tenemos que tener una comunicación!

(Mateo) ¿Eso lo sé, pero los celos me carcomen cada vez que lo veo cercas de ti, y mi corazón se desgarra de celos por verlo cercas?

(Elena) ¡Esa es casi la misma frase que utilizo Sebastián, Dios que les pasa a estos hombres que son tan iguales!)

(Mateo) Ya mejor dejemos ese tema y que te parece si vamos a comer algo fuera, la tarde empieza a refrescar un poco y podemos aprovechar la tarde para caminar por ahí.

En casa de Elena

(Ruth) ¿Y esta carta de quién será, viene de Yucatán? ¿Es de Isabela Montes? ¡Vamos a ver que dice!; Viene a pasar unas vacaciones con nosotras y viene la Lorena de la Cruz, esas bellas muchachitas que lindas fueron con mi Elena. Les voy a preparar la recamara, le va a dar una grande alegría a mi hija cuando le dé la noticia. Ya era bueno que tenga alguien con quien hablar. ¡Bueno me tiene a mí! ¡Pero no es lo mismo!

Ellas son jóvenes y tendrán mucho que contarse. ¡Hay! Que hermoso es pasar por esa etapa y saber que se tienen unas grandes amigas como lo son ellas tres.

(Mateo y Elena)

(Mateo) Espero te haya gustado la comida, ahora te voy a llevar a un bello lugar que cada vez que puedo vengo y sueño con esa gran calma que se respira ahí. ¿Te parece?

(Elena) ¡Me parece perfecto Mateo! ¡Vamos!, Creo nos hace falta convivir un poco más y esta puede ser una buena oportunidad

(Mateo) ¡Esa voz me agrada!

Poco rato después.

(Mateo) ¡Mira Elena este es el lugar que tanto me agrada!

(Elena) ¿No puede ser?

(Mateo) ¿Qué pasa? ¿Porque lo dices con tanto asombro?

(Elena) ¡Este también es mi lugar favorito!, Ruth siempre me traía y desde entonces se convirtió en mi lugar favorito de toda la costa, es tan mágico este lugar, te llena de paz, de tranquilidad, te transporta a lugares inimaginables.

(Mateo) Pensé en darte una sorpresa y la sorpresa me la he llevado yo mismo, al ver la alegría con que describes este lugar.

(Mateo) ¡Soy tan feliz que no quisiera que terminara la tarde! Contigo se me olvidan mis problemas mis temores y locura.

(Elena) ¿Locura? ¿A qué te refieres con eso? ¿Temor a que?

(Mateo) ¡Nada Elena, no quiero estropear este momento con mis tonterías!

(Elena) ¡Para mí no son tonterías!, Eres mi novio y por lo tanto todo lo que te pase me preocupa. No quiero empezar con mentiras Mateo, así que es mejor que me lo digas, sino si me molestaré contigo, pensaré que no me tienes confianza.

(Mateo) ¡Está bien te lo diré! Ya hace varios días que me tome unas copitas de más y entre mi borrachera escuche la voz de mi madre y de otra persona más, que jamás la había escuchado.

(Elena) ¡Pero! ¿Dónde la escuchaste? ¿Cómo?

(Mateo) ¡Espera, déjame terminar! Ese día llegue a la hacienda y camine para recordar cuando lo hacíamos con mi madre, a la luz de la luna, y platicábamos de mis cosas, como grandes amigos, ella era mi luz, mi vida, mí energía, mi todo. ¡Pero en ese día tenía ganas de verla, pero no fue así, pero quizás piense que me estoy volviendo loco pero escuche la voz de ella! ¿¡Sí Elena era ella!? ¡Sé que era ella, pero también escuche otra voz que no era la de mi madre! ¿Trate de indagar con la nana de alguna leyenda o algo que me llevara a alguna conclusión, pero sólo me hablo de unas personas que se pierden cada año por estos rumbos, y al parecer es en la hacienda, pero yo la he caminado mucho, la conozco perfectamente y no he visto nada raro? ¿No sé, algún túnel, alguna grieta por donde uno pueda llegar?

(Elena) ¿Tal vez tu papá sepa algo al respecto?

(Mateo) ¡No, a él menos que a nadie le quiero contar, pensara que estoy loco y no quiero que me vea el Dr. Montes! Ese Dr. no me inspira nada de confianza. ¿Desde que murió mi madre él fue quien me atendió de la crisis que sufrí y me dio algo para que me tranquilizara pero con eso que me dio no recuerdo mucho de esa noche en que mi madre estaba tendida? ¿Ahora sólo me interesa volver a escuchar a mi madre y preguntarle que quiere?, ¡Si está bien! Si le puedo ayudar en algo, ¿No sé? ¿Se me vienen tantas cosas a mi mente?

(Elena) ¡Oye, se me ocurre una idea! No soy muy amante ni creo en esas cosas, pero conozco una persona que nos puede ayudar saber qué es lo que escuchaste esa noche, ¿y tal vez nos diga el nombre de la otra persona?

(Mateo) ¿Y cuándo vamos?

(Elena) ¿Te parece bien mañana? Pero por ahora vamos a olvidarnos un poco de eso y vamos a disfrutar la tarde, ¿te parece?

(Mateo) Me late, ¡Je, Je, Je!

(Ruth) ¡Dios santo ya es tarde y Elenita que no llega para darle la buena noticia que vienen sus amigas Lorena e Isabela! ¡Oh parece que ya llego, le voy a dar la noticia!

¡Hija! Ya me tenías muy preocupada, donde andabas.

(Elena) Mateo me invito a comer y luego dimos un paseo por la playa y se nos fue el tiempo paseando. ¿Y tú que me cuentas, que hiciste hoy?

(Ruth) Fui hacer unas cosas para la despensa y fui hacer el contrato para el teléfono que buena falta nos hace, y mañana nos lo instalan,

(Elena) Esa es una buena noticia mamá, ahora con el trabajo que tengo podemos hacer también algunos cambios a la casa y darnos uno que otro gustito.

(Ruth) ¿Pero te tengo otra buena noticia?

(Elena) ¿Sí, cuál es?

(Ruth) ¡Vienen a pasar unas vacaciones tu amiga Lorena de la cruz e Isabela Montes!

(Elena) ¡Esa es una magnífica noticia! Por fin viene mis grandes amigas, ¿Pero cómo las vamos a instalar?

(Ruth) Les estoy acondicionando una de las recamaras del fondo. Sólo me falta ver unos detalles.

(Elena) Vamos a comprar lo que haga falta, aun nos da tiempo. ¡Vamos Ruth!

(Ruth) ¿Espera hija deja tomar mi bolso, esta niña tan acelerada?

(Sebastián) ¡Dios! ¿Porque no logro sacarme a Elena de mi mente?, ¡Cada vez que pienso en ella sólo me hago daño, no quiero sentirme mal por cuestión de amores, duele mucho!

Pero tal parece que mi corazón no lo entiende; se sigue aferrando más y más. Pero sé que no tengo ninguna esperanza con ella y yo ahí voy de tarugo a llevarle las rosas, no cabe duda que el amor ataruga, si te dicen que no una y otra vez y tú insistes eh insistes. ¿Qué aré para que me olvide de ella? ¿Será que debo renunciar al trabajo en Santa María para no volver a verla Dios ilumíname para saber qué hacer?

(Día siguiente)
(Don Raymundo) ¡Buenos días nana! ¿Los muchachos ya se levantaron?

(Nana) Sí señor, desde muy temprano salieron, escuche que iban a dar una vuelta por los campos.

(Don Raymundo) ¡Y ahora!, ¿Qué mosca les pico que madrugaron? ¿Será que les llego el amor y andan todos emocionados?

(Nana) ¡Tal vez! Yo miro a Mateo muy emocionado con Elena, ella lo ha cambiado en poco tiempo. Cosa que con ninguna otra muchacha de por acá lo había logrado.

(Don Raymundo) ¿Pues abra que darle las gracias?, ¡Sabes! Me agrada para compañera de mi hijo, sabe muy bien diferenciar el trabajo con las cosas personales, es muy madura. ¡Bueno nana, me voy! ¿Oye, por favor cambias las cobijas de mi cama y pones las que le gustaban tanto a mi difunta señora, tú ya sabes cuáles?

(Nana) ¿Las cobijas?

(Don Raymundo) Sí, ¿porque te extraña tanto?, ya se acerca su aniversario de que nos dejó mí esposa y quiero sentir que aún está conmigo.

(Nana) ¡Señor! Se va usted a enojar, pero desde hace días que las quiero poner, pero no las encuentro por ninguna parte, ya pregunte con las muchachas de servicio y ninguna las ha visto.

(Don Raymundo) ¿Cómo que no están, ya las buscaste bien?

(Nana) ¡Sí señor la lo hice y moví todo y no las encuentro!

(Don Raymundo) ¿Eso me preocupa?, nunca había pasado eso en casa, no quiero pensar que alguien las robo, quiero pensar que están extraviadas. ¿Esas cosas son muy personales para mí, así que investiga bien eso nana, sino tendré que tomar otras medias que no les pueden gustar? ¡Así que te encargo ese asunto!

(Nana) ¡Virgen del Carmen que voy hacer con esto! ¡Ya no tengo donde más buscar! Iré a seguir buscando, tiene que aparecer, ¿yo no tengo desconfianza de ninguna de las muchachas? ¿Tampoco nadie extraño ha llegado a la casa para pensar algo?

(Mateo y Alejandro)

(Mateo) ¡Sabes! Le conté a Elena lo que escuche aquella noche, pensé que me diría fue parte de mi borrachera y que fue alucinación mía, pero me escucho con mucha tranquilidad y me sugirió algo y lo voy hacer.

(Alejandro) ¿Qué fue lo que te sugirió?

(Mateo) ¡Que vayamos con una de esas personas que hay por aquí, de esas que leen las cartas o caracoles! Ella no cree mucho en eso, ni yo tampoco, pero quiero encontrar alguna respuesta que me ayude a descifrar esa voz que me atormenta y no me deja dormir.

¿Y tú que te has hecho?, ¿Tiene días que poco nos vemos, tienes alguna novia por ahí, ya no me platicas como antes?, ¡Bueno! Desde que llego tu amiguito Sebastián me cambiaste por el poco nos vemos.

(Alejandro) ¡No te pongas en ese plan que no te queda!, Lo mismo te digo a ti, desde que eres novio de Elena te olvidaste de los amigos. Pero ya llegara mi gran amor.

(Mateo) ¡Sí! Y aquí sentado no creo que la encuentres, poco sales y que yo recuerde tienes pocos amigos para que te presenten a tu amor esperado.

(Alejandro) ¡Ya mero viene ya lo veras, sé que pronto la veré me lo dice el corazón y cuando la vea sabré que es ella!

(Mateo) ¡Cálmate mi pájaro nalgón ya te pusiste melancólico mejor vámonos que tengo unos pendientes en la oficina!

(Don Raymundo y Elena)

(Don Raymundo) ¡Elena! ¿Mandaste los pedidos para esta semana? No quiero tener nada atrasado. Y me das los papeles que se tiene que firmar para la nómina de la semana. ¡Una cosa más!.. Quiero felicitarte por ser la novia de mi hijo. Me alegra el saber que se fijó en una mujer tan especial como tú. Sé que mi hijo tiene su carácter pero es bueno, algo voluntarioso pero es parte de su personalidad. Espero no te haga sufrir con sus empinadas de codo que se da, pero tú te encargaras de que se regenere.

(Elena) Gracias Don Raymundo, la verdad pensé que se molestaría al saber de mi relación con Mateo. Le prometo poner todo lo que este de mi parte, y gracias por su consentimiento.

(Don Raymundo) No hay de que muchacha. ¡Bueno, pásame lo que te pedí! ¡Ha! Ve hacer los pagos de hacienda, ya vez que esos no perdonan. Le dices a mi hijo que vaya contigo.

(En casa de Elena)
(Ruth) ¡Isabela!, ¡Lorena!, Hijas que gusto que estén por esta su casa, pasen por favor, siéntense, dejen sus cosas por aquí, al rato las acomodamos, ¿cómo les fue de viaje?

(Isabela) ¡Muy bien Sra. Ruth!, Ya nos hacían falta una buenas vacaciones, y que mejor lugar que Campeche, es una ciudad muy tranquila, llena de magia y rica en agricultura. El olor que se respira al llegar es sorprendente.

(Lorena) ¡Tú vienes enamorada de Campeche! Desde que salimos de Yucatán no ha hecho otra cosa que de hablar de estos lugares, y por supuesto de Elena, de lo bien que nos la vamos a pasar esta estancia por estos lugares. ¡Le voy hacer honesta!, Al principio me resistí un poco al venir por aquí, pero al escuchar a Isabela de todos los lugares que podemos visitar y de la grande naturaleza que tiene la ciudad me convenció ¡Y es verdad! Al llegar a esta ciudad uno se transforma.

(Ruth) ¡Pues me alegro muchachas por ustedes y por supuesto por mi Elena! ¡Ella va a tardar un poco, encontró un magnífico trabajo en una hacienda de por aquí, espero no tarde mucho para que se puedan saludar, me imagino tendrán muchas cosas que contarse!

(Mientras tanto)

(Elena) ¿Mateo? ¿Estás seguro de que quieres entrar con esta persona? ¿No quiero que después te sientas mal por lo que te puede decir? Me siento incomoda al haberte aconsejado que vinieras con Ameyal.

(Mateo) ¿Ameyal?
(Elena) Sí, así se llama la persona que nos va a atender, ya luego te explico.

(Mateo) ¡No te preocupes mi amor!, Esto me ayudará a descifrar muchas cosas que tengo en mi mente desde la muerte de mi madre, y el saber del porqué no recuerdo muchas cosas desde de la muerte de mi madre.

(Ameyal. Que significa manantial) ¿Pasa muchacho, desde hace mucho que te estoy esperando?

(Mateo) ¿Pero no hicimos ninguna cita para verlo señor, sólo fue que nosotros decidimos venir a verlo?

(Ameyal) Yo desde hace mucho tiempo he esperado este momento Xólotl.

(Mateo) No, mi nombre es Mateo, Mateo. Mateo Fernández.

(Ameyal) Tal vez para el mundo, pero para nuestros mayas eres Xólotl, que quiere decir gemelo.

(Mateo) ¡Creo que sus ancestros se equivocaron, ya que no tengo hermanos, soy hijo único!

(Ameyal) ¡Nuestros mayas no se equivocan Xólotl!

(Mateo) Pero yo no vine a tratar ese asunto, mi novia me aconsejo venir con usted.

(Ameyal) Muchas gracias Elena, La madre de Elena y yo somos buenos amigos desde hace ya muchos años.

(Mateo) ¿No me habías contado nada de eso Elena?

(Elena) ¡No creí prudente decirte!, Además muy poco lo conozco, mi madre es la que lo conoce un poco más.

(Mateo) ¡Ésta bien, yo entiendo ya después me contaras con más calma! Pero por ahora el motivo de mi visita es otro Sr. Ameyal. ¡Hace algún tiempo perdí a mi madre y desde la muerte de ella hay muchas cosas que me inquietan y que no logro recordar desde el día tan fatídico, todo es tan sombrío para mis adentros, ahora hasta creo escuchar a mi madre muerta y no sólo a ella sino también escucho otra voz de mujer que jamás la había escuchado!

(Ameyal) ¿Y dónde escuchaste esa voz Xólotl? (Mateo)

(Mateo) ¡En la hacienda! ¿Pero no sé de donde provienen esas voces?

(Ameyal) ¡Déjame escuchar la voz de mis caracoles! Tal vez ellos me den alguna respuesta.

¡Las aguas se están revolcando mucho Xólotl (Mateo) hay muchas cosas que ahora no entenderás por el momento, pero poco a poco la telaraña que traes en tu mente se despejará! ¿Por el momento los caracoles me dicen que tú madre no se encuentra arriba y ellos nunca mienten? ¡Que la voz que llegaste a escuchar no es otra que la de tu madre María!

(Él se sorprende ante tal respuesta)

(Mateo) ¿¡Eso no puede ser, yo mismo mire a mi madre muerta el día del accidente!?

(Ameyal) ¿Tú lo has dicho muchacho? Sólo la viste ese día del accidente, pero ya después nadie la volvió a mirar con vida, ya que tu padre no permitió que nadie la viera.

(Mateo) ¿Y usted como sabe todo eso? ¿Yo nunca lo eh mirado por la hacienda y que recuerde tampoco el día del funeral de mi madre?

(Ameyal) ¡Ahora no lo puedes entender Xólotl! Mi nombre significa manantial y por lo tanto voy donde me lleve el cauce de los ríos, de los lagos, del mar y de las propias tormentas.

¡Y esa noche tan fatal en que tu madre desaparece yo estuve presente, pero ya no logre saber dónde quedo ella ya que mi espíritu estaba débil y cansado!

(Mateo) ¡No sé, esto que usted me dice me asusta! ¿Sobre todo al decir que mi madre no ésta muerta?

(Elena) ¡Cálmate Mateo! ¿Yo estado pensando y la única persona que nos puede sacar de nuestras dudas es tú padre?

(Ameyal) ¡No!, ¿Ha él menos que a nadie se le debe molestar con esas cosas?

(Mateo) ¿Por qué no?, ¿Sí él puede responder a todas nuestras preguntas y darnos la explicación adecuada?

(Ameyal) ¡Ahora no es conveniente que se entere de tu visita para conmigo; tú mismo me dijiste que sientes estar alucinando al escuchar la voz de tú madre, no quiero pensar que dirá tu padre si se lo comentas! ¿Te quiero pedir yo un favor muy especial mi Xólotl? ¡Bueno a los dos! (Mateo) ¿De qué se trata?

(Ameyal) Qué por ningún motivo digan que me conocen o que vinieron a verme, al menos a tú padre. ¡Al menos por el momento!

(Mateo) ¿Acaso usted y mi padre se conocen?

(Ameyal) ¡Y quién no conoce a tú padre muchacho! Si es un alma de Dios como se le conoce por estos lugares.

Mira, te voy a dar este caracol, y cuando te sientas solo oh triste, ponlo en tu corazón, él sabrá orientar tu camino y tu destino.

(Mateo) ¿¡Pero el caracol no está completo!? ¿Es sólo la mitad? ¿Dónde está la otra?

(Ameyal) ¡La otra mitad pronto la encontraras Xólotl! ¡Oh más bien, siempre ha estado muy cerca de ti pero jamás lo has notado!

(Mateo) ¿Qué me quiere decir con eso?

(Ameyal) ¡Muy pronto lo sabrás! ¡Elena a ti te toca estar muy cerca de él, desde que te conoció eres su energía, su luz, y de ti depende si dejas apagar esa luz o la dejas morir! ¡Nunca lo olvides! Ahora váyanse.

(Mateo) ¿Pero, cuándo volveré a verlo?

(Ameyal) ¿Yo siempre eh estado contigo, sólo que nunca me has visto, pero ahora que me conoces sólo tienes que pensar en mí y yo estaré contigo?

(Se dan un fuerte abrazo. En ese abrazo Mateo no se resiste y siente una grande energía

que Ameyal le transmite, pero que no se explica, como si estuviera abrazando a alguien que ya lo conocía)

(Mateo) La visita con esta persona me ha dejado con más dudas aun de las que ya traía. ¿Pero sobre todo eso de que mi madre no se encuentra haya arriba?, ¿Pero si mi madre no se encuentra muerta? ¿Entonces dónde está? ¿¡Y esta mitad de caracol!? ¿Qué querrá decir con eso? ¿Qué será lo que voy a encontrar muy pronto?

(Mateo) ¿Ahora si ya no sé qué pensar?

(Elena) ¡No lo sé Mateo, yo salí igual que tú de sorprendida! ¿Pero todo lo dice a medias, y no sé porque motivo? ¿¡Cómo si todo fuera una telaraña en la cual debes encontrar la punta para ir mirando que hay detrás de todo esto!? ¡Dios santo no me había dado cuenta, es tardísimo!, Mi madre debe estar muy preocupada y para colmo se me descargo el celular, mañana nos vemos y seguimos platicando. ¿Prométeme que estarás bien?

(Mateo) ¡Te lo prometo! Ya vete, no quiero que tengas problemas con tu mamá y de paso me la saludas mucho y que uno de estos días voy a visitarla.

(Ruth) ¡Muchachas ya llego Elena, vamos a bajar para que la saluden!

(Elena) ¡Isabela!, ¡Lorena! Tanto tiempo de no vernos, estoy feliz de que ustedes estén conmigo, tenemos mucho que contarnos. ¿Pero ya están bien instaladas? ¿Les hace falta algo?

(Isabela) ¡Si Elena! ¡Estamos muy bien! Tu mamá nos ha atendido de maravilla, y nosotras encantadas de estar entre ustedes, recordar tantas cosas que hemos pasado

(Lorena) ¡Sobre todo de cosas románticas chicas, eso me pone a mi muy sentimental! A parte ya me conocen que soy muy romántica, y me gustan las emociones, espero que desde que te avisamos de nuestra llegada ya tengas algunos candidatos para que nos los presentes, yo vengo con la emoción de ligarme algún buen mozo de estos lugares tan maravillosos, aparte sé que son muy románticos y soñadores.

(Elena) ya veremos cómo se van dando las cosas y tal vez les presente uno por ahí.

(Isabela) ¿Y tú Elena tienes novio?

(Lorena) ¡La verdad! Si tengo novio, de hecho vengo de estar con él, se llama Mateo, y es nada más y nada menos que el hijo de mi jefe.

(Lorena) Ándale sí que la supiste hacer. ¿Y esta guapo?

(Elena) Pues para mí lo es, pero ya se los presentaré formalmente y ustedes me dan su opinión, ¿qué les parece?

(Isabela) Me parece perfecto, y como sé que mañana trabajas temprano vamos a dormir, tu mamá y nosotras iremos a conocer la ciudad un poco mientras tú regresas del trabajo y aprovechamos la tarde.

(Elena) ¡Esta muy bien, ya nos pondremos al corriente con lo que hemos hecho! ¡Buenas noches!

(Sebastián en la hacienda) (Alejandro)

(Sebastián) ¡Jacinto! Dale agua a los caballo, y dile a Manuel y Doroteo que encierren bien los caballos, yo me retiro ya es muy tarde y hay que descansar.

(Mateo se siente turbado por la voz que escuchó)

(¡Sebastián!, ¡Sebastián! ¡Hijo! ¡Ayúdame!, ¡Ayúdame!)

¿Mamá? ¿Dónde estás? ¡Dios que me pasa, jamás había escuchado la voz de mi madre! ¿No puede pasarme esto, porque creo escuchar la voz de mi madre?

(Alejandro) ¡Sebastián!, ¿Te encuentras bien?

(Sebastián) ¡Sí! ¡Muy bien!, ¿¡sólo creí escuchar algo!? ¿Pero? ¿Tú dónde estabas? Y porque te apareces así tan de repente como si fueras un fantasma, ¿no sentí llegar ni tus pasos?

(Alejandro) Estabas tan concentrado en tus cosas que ni me viste llegar, aquí he estado desde hace rato, solo que andas muy retardado por tus asuntos de amores, pero ya se te va a pasar, ¿ya pronto la conocerás?

(Sebastián) ¿A quién voy a conocer?

(Alejandro) ¡Ya lo veras!, Y no me hagas tantas preguntas, mejor vámonos para que descanses un poco, yo iré un rato por el pueblo y regreso pronto.

(Mientras tanto)

(Ameyal) ¡Ya ha llegado la hora de Yolcaut de ajustar cuentas y dejes de hacer tanto daño! Ya muy pronto regresaras al lugar de donde jamás deberías de haber salido, ¡Has hecho ya mucho daño a los que te rodean, especialmente a los que llevan tu misma sangre! Es tiempo que todos se reúnan y me devuelvas lo que me quitaste. Te llevaste el tesoro más precioso que he tenido.

(Joven misterioso en la vida de Ameyal)

Pasa mi noble hijo, desde muy temprano te estoy esperando. Se viene grande tormenta para todos, y quiero decirte que seas fuerte ante lo que se avecina, pero que decirte a ti de todo esto, si desde pequeño lo has sido. Tienes la misma fortaleza de tus antepasados, fuerte como noble guerrero.

¡¿Ya supiste quién vino buscando ayuda?! ¡Sí hijo! Aquel de quien tú tanto has vigilado, vino a preguntar por ella, nuestros ancestros han permitido que él la escuchara, nosotros por más que los invocamos jamás nos lo han dicho, y él (Xólotl) tuvo la dicha de escucharla, ahora sé que ella está bien y que muy pronto la tendremos entre nosotros; pero no solo a ella, sino también a esa infeliz mujer que callo en las garras de Yolcaut. Mucho la ha llorado su hijo, pero es tiempo de compensar esas lágrimas de ambos. Ahora vete, es hora que nuestros espíritus descansen y nuestros cuerpos retomen nuevas energías.

(Don Raymundo)

¡Nana Cuca! Mira, aquí encontré una de las colchas que tanto has buscado, ¿la encontré afuera, no sé cómo fue a dar a ese lugar, está muy sucia como si hubieran trapeado con ella, lávala y acomódala en su lugar, pasado mañana tendremos una misa en la capilla de la hacienda, así que dile a las muchachas que arreglen lo necesario en la capilla?

(Nana) ¡Claro que si don Raymundo enseguida! Muchas gracias por haber encontrado la cobija, ahora mismo la lavo.

(Don Raymundo) Gracias nana, no sé qué haría sin tu ayuda. Nos vemos a la hora de la comida.

(Nana) ¡Que raro! ¿La colcha no tiene rastro de que algún animal la haya roto? ¡Pero! ¿Trae el mismo perfume que utilizaba mi difunta Antonieta? ¡Qué raro! ¿Por qué huele al perfume de mi hija y no al de la señora María?

(Llega Sebastián)
Hola mi cuquita hermosa, ¿cómo estás? ¿Ya tenía días sin saludarte, cómo has estado he? ¿Si vino el Dr. Montes y te reviso? ¿No quiero

que me digas mentiras Cuca porque me voy a molestar contigo?

¿Te pasa algo? ¡Te noto algo triste!

(Nana) No me pasa nada hijo, cosas de viejas ya achacosas por el peso de los años.

(Sebastián) ¿Y qué le paso a esa cobija, tal parece como si tuviera meses que no se lavara?

(Él toma la cobija para poder abrazar a su abuela y cuando toma la cobija descubre algo)

¡Nana! ¿Por qué trae ese aroma la cobija? ¡Ese aroma me recuerda a mi madre!

¿Que yo recuerde ese perfume es muy especial y poco común?, no, no entiendo, ¿me lo puedes explicar?

(Nana) yo también quisiera una explicación hijo, pero el patrón fue quien me la dio, me dijo que la encontró tirada, haya a las afueras, pero siempre soy cuidadosa de que nadie saque nada de la casa, o de que algún animal suba a las habitaciones.

(Sebastián) ¡Sabes abuela! Ayer creí haber escuchado la voz de mi madre, pero no sé, todo fue tan rápido que no me dio tiempo de reaccionar, y no le di mucha importancia ya que en ese momento apareció Alejandro como de la nada, como si fuera un fantasma y pronto se me paso aquello que escuche.

(Nana) ¡Que raro Sebastián! ¿Lo mismo le paso a Mateo?

(Sebastián) ¿Ha Mateo? ¿También escucho la voz de mi madre?

(Nana) No, ¿Él escucho la voz de la Sra. María y me menciono que también otra voz pero que ya no era la de su mamá?

(Sebastián) ¿Y por qué no me lo habías mencionado antes? ¿Tal vez haya alguien que nos quiera jugar una broma?

(Nana) ¿Una broma? No lo creo, ya que a tú madre poca gente la conocía por estos rumbos ¡De la Sra. María lo puedo aceptar, pero no de mi hija Antonieta! Pero en dado caso, ¿Por qué o para que lo hacen?

(Sebastián) ¡No lo sé nana!, Pero lo voy a averiguar y quien sea le voy a dar su merecido, no quiero que jueguen con la memoria de mi madre.

(Nana) ¿No te vayas a meter en algún problema, que ya bastante tienes con no llevarte bien con Mateo?

(Sebastián) ¡Ni me lo menciones! Que ha ese lo traigo atravesado en la garganta, me arrebato el amor de Elena, tu sabes lo que me costó olvidar a mi antigua novia y ahora este otro me arrebato el amor de Elena.

(Nana) ¡Hijo!, ¿Tal vez ella no sea para ti, busca otra, hay muchas por los alrededores no solo se encuentra ella? ¡Ya verás que muy pronto llegará la mujer que realmente te puede hacer feliz! Ahora te dejo, voy a lavar esta cobijas. ¡Nos vemos más tarde! (*¡Dios santo que está pasando en*

Santa María! ¿Por qué ahora mi Sebastián escucho la voz de mi hija, será que anda penando por no haberle dicho la verdad a Sebastián?

(Alejandro) ¡Hola Sebastián buenos días! Como te trata la vida, hoy amaneció más fuerte el calor. Ayer con el susto que te di no te pregunte si te pasaba algo ya que te veías algo asustado como si hubieras visto algo.

(Sebastián) ¿La verdad si Alejandro?, ¡No te dije nada ya que pensé que me tomarías como un loco o que estaba alucinando! Pero a la persona que escuche era a mi madre, ¿y no entiendo el motivo si ella quedo en Yucatán y no hay nada que la ate a esta hacienda excepto mi abuela?

(Alejandro) ¡Tu abuela! ¿La nana es tu abuela?

(Sebastián) ¡Bueno está bien!, ¡Te lo diré! La nana Cuca es mi abuela, sólo que ella no sé porque motivo no quiere que la gente se entere que entre ella y yo nos une el lazo de la sangre. ¡Mejor dicho! Los motivos a razones que me dice no me logran convencer ¿y de vez en cuando me insinúa que me marche de la hacienda?

(Alejandro) ¡La verdad no se qué decir Sebastián! Realmente esta noticia me toma de sorpresa, yo pensé que la nana era sola en este mundo o que nunca hubo familia entre tu abuelo y ella.

(Sebastián) Sólo tuvieron una hija, que era mi madre, pero desafortunadamente ella nos dejó, ya tiene algunos años de eso, y precisamente pasado mañana es el aniversario su partida. ¿La cual fue muy rápida y extraña?

(Alejandro) ¿Por qué extraña?

(Sebastián) Porque ella jamás sufría de alguna molestia, nunca enfermiza y para colmo de todo, ese día nos dijeron que su enfermedad era contagiosa y que inmediatamente después de su muerte la tuvimos que incinerar por temor algún contagio. Y ahora desgraciadamente no tengo tumba alguna para llorarle.

(Alejandro) Yo quería a la Sra. María como a una verdadera madre, y por eso es que de vez en cuando se me sale decirle mamá, ella nunca distinguió entre Mateo y yo, siempre fuimos sus hijos, por eso la tengo en bastante estima.

¡Así que tú y yo compartimos el mismo dolor de haber perdido a nuestras madres Sebastián! ¿Pero cuéntame cómo es que escuchaste la voz de tu madre?

(Sebastián) ¡Todo fue muy extraño Alejandro! Yo estaba entre mis ocupaciones y de pronto escuche que me llamaba y su voz la escuchaba tan cercas de mí pero solo había pared frente a mí, y no vi manera de correr para seguir su voz. Y ya en ese instante llegaste tú como fantasma y lo demás ya lo sabes y te agradecería que esta plática que hemos tenido no llegue a otras personas, tú me entiendes, sólo hasta que mi abuela y yo resolvamos algunas cuestiones.

Bueno, tejo Alejandro, sólo voy hacer unos pendientes y me retiro. ¡Hasta mañana!

(Por motivos a la llegada de las amigas de Elena, pidió no ir al trabajo así que la plática entre ellos estaba pendiente.)

(Mateo) ¡Todo esto que me dijo el Ameyal me tiene muy consternado y realmente no sé qué pensar ni que decir de esta mitad de caracol y yo donde encontraré la otra mitad! ¿No seque pensar?, ¡Que yo sepa soy hijo único, mis padres nunca me mencionan de algún otro hijo que hayan tenido! Tal vez sea mejor olvidar toda esta locura y olvidarme por completo de esto, siento que sólo me estoy haciendo daño. Nunca debí ir con ese tal Ameyal que tal vez sea puro chantaje…

(Ameyal) ¿¡No seas incrédulo Xólotl, los dioses te pueden castigar por tal blasfemia!?

(Mateo) ¡Pero! ¿De dónde salió usted?, ¡Que quiere de mí! ¿Porque se aparece así de esa manera?, ¡No, no se acerque por favor!

(Ameyal) ¡Tranquilo muchacho, yo jamás te aria daño alguno, sólo quiero ayudarte y que me ayudes!

(Mateo) ¿Yo, en que le puedo ayudar?

(Ameyal) Ha encontrar a alguien muy especial que me arrebataron ya hace muchos años, a cambio tendrás una grande dicha que te llenara de alegría por muchos años, y no sólo a nosotros dos, sino también a otros dos personas que por culpa de la maldad de una persona les arrebataron el amor.

(Mateo) ¡No lo sé Ameyal! ¿No me agrada que se me aparezca así de la nada, y eso de hablarme a medias, me confunde aún más de lo que me encuentro?

(Ameyal) ¿Es necesario que te vayas acostumbrando a mis visitas tan sorpresivas como la de ahora? Ahora tú eres la luz de mis ojos, sólo tú puedes ver lo que mis ojos no pueden ver desde caudal.

(Mateo) ¿Y qué es lo que en realidad quiere que vea?

(Ameyal) ¡Todo Xólotl, todo lo que tus ojos vean! Estaremos muy unidos de ahora en adelante.

Te recomiendo no te quites la mitad de este caracol de tu pecho muy pronto encontraras la otra mitad y ya nada los separara. ¡Nos veremos muy pronto hijo!

(Mateo) ¡Pero yo! ¿A dónde se fue? ¡Santo Dios! ¿Será posible que esto exista y que yo lo esté viviendo? ¿Tal vez esta mitad de la que habla deba ser Elena y no me he dado cuenta? ¡Pero me parece que por hoy es suficiente, será mejor irme a dormir!

(Voces; ¡Mateo!, ¡Mateo!, ¡No nos dejes morir en vida, ten compasión de nosotras!)

(Mateo) ¡Mamá!, ¿¡mamá, donde estás!? ¡Madre no me asustes tú también!, ¿Dime que te aflige? ¿Dime porque tu alma no descansa en paz, y quien es esa otra persona que quieres que ayude?; ¡madre!, ¡Madre! ¿Pero cómo seguir tu voz, si sólo veo paredes por doquier?, ¡pero! ¿Debe existir alguna entrada por donde yo logre entrar, pero desde niño anduve por estos lugares y jamás encontré algo raro?

(Sebastián por su parte al igual que Mateo quiere volver a escuchar la voz de su madre y por coincidencias se topan)

(Sebastián) ¿¡Que pasa con esto que ésta pasando en este lugar!? Parece como si estuviera encantado o embrujado. ¿No pensé escuchar la voz de mi madre en este lugar?...

(Mateo) ¿Escuchaste la voz de tu madre? ¿Escuche bien?

(Sebastián)¿Qué haces tú aquí?

(Mateo) ¡Por sí no te has dado cuenta aquí vivo! ¿Qué haces a estas horas de la noche por aquí, creo tu día termino Ya hace varias horas?

(Sebastián) ¡Te voy a contestar para no ser tan descortés! Tu padre me contrato como veterinario de santa María y por lo tanto, sea mañana, noche o madrugada mi deber es que todo marche bien. ¡Pero por lo visto tú y yo no hemos simpatizado desde que nos conocimos, pero he notado que tenemos algunas cosas que nos agradan, y tenemos los mismos gustos!

(Mateo) ¿Así? ¿Cómo en cuales cosas nos parecemos y nos agradan?

(Sebastián) ¡Por ejemplo! En la forma de vestir, hacemos los mismos gestos, los dos somos zurdos y nos gusta la misma mujer. Y algo hasta cierto punto insólito, los dos perdimos a nuestras madres y otra cosa, mañana es el aniversario de la partida de ambas, ¿no te parece como mucha coincidencia?

(Mateo) Tal vez tengas razón, pero la diferencia es que ella me ama y yo la tengo, y tú te debes hacerte a un lado.

En cuanto a lo otro, siento mucho lo de tu mamá, y no sabía que hubiera muerto en la misma fecha que la mía.

(Sebastián) Hay muchas cosas que no sabes de mí y que tampoco tienes por que saberlas.

(Mateo) ¡Y si tú dices que nos parecemos mucho, porque no te apartas y nos dejas ser felices!

(Sebastián) Creo que en ningún momento les he perjudicado, Elena y yo somos buenos amigos, y hasta donde yo sé los amigos se hablan se estiman y no por eso tiene que romperse una relación ¿o sí?

(Mateo) ¡Tú lo has dicho! ¡Los amigos! ¿Pero la diferencia es que tú ah Elena la quieres ver como algo más que una amiga? ¿Y eso a mí no me agrada? Así que será mejor que la frecuentes lo menos posible.

(Sebastián) Gracias por la advertencia, ¿pero nadie me dice a mí, a quién si y a quién no de deba hablar? ¿Pero por otra parte a mí no me agrada crear enemigos y menos en este lugar? Así que te propongo una tregua de no agresión. ¿Te parece?

(Mateo) ¡Eso me suena algo ridículo, eso sólo lo hacía o lo hago con Alejandro! Pero solíamos hacerlo cuando éramos pequeños.

(Sebastián) ¡Ya lo vez! ¿Tenemos otra cosa más en común, ahora en los juegos de niños, eso mismo lo hacía con algún amigo de la infancia?

(Mateo) Sera mejor dejar esta platica me siento muy agotado todo lo que he visto y escuchado me pone mal.

(Mateo se empieza a desvanecer poco a poco, como si algo hubiera entrado a su cuerpo.)

(Sebastián) ¡Mateo!, ¡Mateo!, Que te pasa, contéstame. ¿Dios que le paso, esto parece cosas de espíritus?, ¡Mateo, dime algo!

(En ese momento llega alejando al escuchar los gritos de Sebastián)

(Alejandro) ¿Que pasa Sebastián? ¿Qué tiene Mateo?

(Sebastián) ¡No lo sé Alejandro! ¡Estábamos conversando y de pronto se puso pálido y se desvaneció!

(Alejandro) Vamos a llevarlo a mi recamara, esta cercas de aquí. ¡Vamos ayúdame!

(Mateo). (En el sueño de Mateo, su mente empieza a recordar a su madre, la cual recorre con ella bellos momentos de su infancia y juventud. ¡De pronto se la arrebatan de sus manos y es llevada lejos, él la busca insistentemente pero sólo escucha los gritos de ella, se ve envuelto en una caverna y pasadizos por doquier, está todo muy húmedo siente frio! De pronto la logra encontrar

pero ya no se encuentra sola sino con otra mujer que sufre al igual que ella. El intenta sacarlas de ese lugar pero alguien poderoso se lo impide. (Un ser malvado) Él no le logra ver el rostro, solo una silueta entre hombre y animal que logra arrebatarlas de su lado y huye con ellas.)

(Sebastián) ¡El pulso de mateo es muy débil Alejandro!, Sino logramos estabilizarlo de puede venir un infarto. Tráeme mi maletín, ahí traigo un medicamento que ojala le pueda servir. ¿Mateo que fue lo que te paso? ¿Porque te pusiste de esa manera? ¿No quiero pensar que fue por mi culpa, si fue así no me lo perdonaré?

(Alejandro) ¡Aquí tienes Sebastián! ¿Sigue igual?

(Sebastián) Sí, no reacciona. Dame el medicamento y ayúdame un poco.

(Rato después)

Ya ésta surtiendo efecto la inyección, será mejor no moverlo y lo mantendré vigilando toda la noche.

(Alejandro) Mientras tanto yo iré a ver que nadie se asome por estos rumbos, y haré que parezca que él está durmiendo en su recamara. ¡En un momento regreso!

(Nana) ¿A dónde vas Alejandro?

(Alejandro) Voy a hablar con Mateo un momento.

(Nana) ¡Mire a Mateo salir!, No lo he visto regresar, pero ahora mismo voy y me fijo y te digo.

(Alejandro) ¡No!, no es necesario nana, yo mismo voy a ver que este él ahí.

(Nana) ¿Te pasa algo hijo, te noto algo nervioso? ¿No será que volvió Mateo a las andadas en el vino y no me lo quieres decir?

(Alejandro) ¡Sí! Eso es nana, no quería que te enteraras, ya vez como lo quieres y no quería que lo supieras, mira, voy y me fijo que ya este dormido. Ya váyanse a descansar, yo me ocupo de Mateo.

(Nana) ¡Está bien hijo!, Eso aré, fue un día muy pesado. ¡Hasta mañana!

(Alejandro y Sebastián)

(Alejandro) ¡Por poco y me descubre la nana!

(Sebastián) ¿Que paso?

(Alejandro) ¿Pues tu abuela me vio subir a la habitación de Mateo y me dice que no está ahí, que lo vio salir y que aún no había regresado? Quería subir a verlo, pero le dijo que se había tomado unas copitas demás y que yo me encargaría del asunto, y la convencí de irse a dormir. ¿Pero qué tanto dice Mateo?

(Sebastián) ¡No lo sé! Desde hace un momento solo habla de su madre y al parecer alguien se la llevo de su lado. ¡Dice que no se las lleve!

(Alejandro) ¿Pero entonces no es solo su madre sino también otra persona?

(Sebastián) ¡No lo sé!, Dice muchas cosas que desconozco por completo. Habla de un túnel y que siente mucho frío. ¿Pero mira como esta, tiene mucha temperatura; mira toma estas toallas y vamos a refrescarlo un poco, eso le ayudara a bajar la temperatura?

(Alejandro) Está bien, ¿pero sígueme contando que más dijo? ¡Dijo algún nombre!, ¿Dijo algo más de ese túnel?

(Sebastián) No, sólo eso, ¿porque la insistencia? Es solo un estado de inconciencia debido al estado que se encuentra.

(Alejandro) ¿Eso lo sé muy bien sólo que lo conozco perfectamente y él me preguntará todos los detalles cuando despierte y no quiero que se me pase alguno? Ya que lo conozco perfectamente y por el genio que tiene ya lo imagino.

(Casi para amanecer)
(Sebastián)   ¡Alejandro!   ¡Despierta! Despierta.

(Alejandro) ¿Que paso? ¿Cómo esta Mateo?

(Sebastián) Al parecer ya cedió la fiebre; le inyecte otro medicamento y ya surtió efecto, lo noto mucho mejor, pero seguía desvariando un poco, pero no logre entenderle casi nada.

(Alejandro) ¿¡Te vez muy agotado, no dormiste en todas la noche por estarlo atendiendo!? ¿Sera mejor que vayas a dormir, yo te avisaré como sigue, y diré que tuviste que ir por algunos resultados de análisis que les hiciste a los caballos?

(Sebastián) ¡Ésta bien, te tomaré la palabra, porque estoy cansado, me daré una vuelta más tarde!

(Alejandro) ¿Qué noche nos has hecho pasar Mateo, ya quiero que despiertes y me digas porque te pusiste de esa manera? ¿Quiero escuchar de tu propia voz hasta donde pudo recorrer tu mente y donde y con quién anduviste?

(Mateo) ¿¡Tú que haces aquí!?

(Alejandro) ¿Cómo que qué hago aquí? ¡Este es mi cuarto, más bien que haces tú en mi cuarto y en mi cama!

(Mateo) ¿Que me hiciste pájaro nalgón? ¿Qué me diste para lograr tus fechorías?

(Alejandro) *Primer lugar: ¡No tuvieras tanta suerte de ligarte este caramelo! ¡Y en segundo aun no llego a los 40 para que se me voltee el barco!*, y por último te desmayaste afuera estando hablando con Sebastián, y de ahí de trajimos hasta mi cuarto.

(Mateo) ¿Quién más se dio cuenta de lo sucedido?

(Alejandro) Nada más Sebastián y yo. ¡Te pusiste muy mal Mateo, ya sentía que pelabas gallo! Afortunadamente Sebastián te puso una inyección de caballo.

(Mateo) ¡De caballo!

(Alejandro) ¡Ja, Ja, Ja! No, ¡estoy bromeando! Fue una inyección para este tipo de casos, tuviste mucha fiebre y desvariaste mucho.

(Mateo) ¿Y qué cosas decía? ¿Espero no hayan sido incoherencias?

(Alejandro) ¡Eso solo lo sabe Sebastián! Él paso la noche en vela contigo.

(Mateo) ¿Dónde está en estos momentos?

(Alejandro) Se fue hace un par de minutos, yo le dije que se fuera a descansar, se veía muy agotado. Me dijo que vendría por la tarde, así que será mejor que ni te levantes. Yo avisaré que tuviste que salir por algún pendiente de la hacienda; y no se te ocurra asomar la nariz por la ventana, pues todo se vendría abajo. ¿Oh quieres que se enteren de lo que te paso? ¡Oh en el peor de los casos que pasaste la noche conmigo! ¡No! ¡No! ¡No quiero ni imaginar que diría la gente de mí!

(Mateo) ¡Ya bájale no seas payaso pájaro nalgón! ¡Imagínate donde quedaría mi reputación de garañón!

(Alejandro) ¿Te digo donde quedaría?

(Mateo) ¡No! ya me imagino la tontería con que vas a salir, mejor ayúdame y recostarme un poco, ¿quiero recordar que me paso, por que sentí desvanecerme de esa manera?

(Antes de que Mateo le cuente lo que le paso Don Raymundo toca la puerta)

(Don Raymundo) ¡Alejandro! ¿Puedo pasar, necesito que hablemos un poco?

(Alejandro) ¡Que hago que hago! ¿¡Qué le digo!?

(Alejandro) ¡Metete al baño y ponte algo para que piense que te estas bañando!

(Alejandro rápidamente entra al baño se desviste y sale con una toalla envuelta en la cabeza que da risa)

(Don Raymundo) Porque tardaste en abrirme la puerta muchacho, ¿no será que tienes alguna chamacona en tu cama?

(Alejandro) ¡Sera chamacón!

(Don Raymundo) ¿Cómo?

(Alejandro) ¡Me refería por el oso de peluche que tengo en mi recamara!, ¡como es oso! Pues es chamacón, sino, pues sería chamacona. ¡Je!, ¡Je!

(Don Raymundo) Bueno, mejor arréglate y te espero a ti y ha Mateo para desayunar.

(Alejandro) ¡Mateo me aviso anoche que saldría muy de madrugada a la ciudad por unos pendientes!

(Don Raymundo) ¿Entonces si aún no sale porque su carro está ahí fuera? ¡Veré si está en su cuarto!

(Alejandro) ¡No! Lo que pasa que se llevó mi carro, es que el de él anda fallando un poco.

(Don Raymundo) ¡Está bien! ¿Oye porqué traes esa toalla en vuelta en la cabeza? ¡Pareces cebolla! Entonces nos vemos más al rato.

(Mateo) ¿¡Qué bárbaro Alejandro ahora si no te mediste!? ¡Mira en las fachas que sales! Mira, ¡Fíjate en tu espejo! ¡Te pasaste con eso de decirme chamácona!

(Alejandro) ¡Hay dios! Hasta yo me asuste, con razón tu papá se me quedaba viendo. ¿Y qué tal te sientes?

(Mateo) Me siento mucho mejor. ¿Aún la cabeza me da un poco vueltas pero ya estoy recordando muchas cosas pero todo es algo confuso?

(Alejandro) ¿Qué fue lo que recordaste? ¿Cuál fue el motivo de tu desmayo?

(Mateo) ¡No lo sé! Sentí que algo entro en mi cuerpo, algo muy pensado, pero en ese momento sentí que me transportaba a otro lugar, mire a mi madre junto con otra mujer, atrapadas en ese lugar muy húmedo, intente sacarlas de ese lugar, pero alguien llego de pronto y me las arrebato?

(Alejandro) ¿Y quién era esa otra persona?

(Mateo) ¿No sé, no le miré su cuerpo pero su rostro estaba entre hombre y animal, todo fue tan confuso Alejandro?

Esa bestia huyo con ellas; junto con mi madre a esa otra pobre mujer que estaba a su lado pero no pude hacer nada. Intente seguirlo en cuanto pude pero desapareció, yo las seguí ante los gritos de ellas pero ya no pude hacer nada, las perdí por completo a las dos.

(Alejandro) ¿Y las encontraste?

(Mateo) ¡Sí logre encontrarlas! Al parecer llevan mucho tiempo juntas, ¿y sabes en que fije?

(Alejandro) ¿En qué cosa?

(Mateo) ¡En la forma que estaban vestidas, con unos harapos! ¡Como pordioseras! ¡Pero todo fue tan real Alejandro!

¿Se veían tan asustadas ellas ante esa persona, pero aún no logro entender ese sueño? ¡Aparte de todo mi madre ésta muerta y por otro lado esta esa señora que yo jamás la había visto!

(Alejandro) ¿Dime una cosa Mateo? Sí logramos encontrar ese túnel dentro de la hacienda, ¿recordarías por donde anduviste en ese sueño?

(Mateo) ¿Creo que sí? Ya que para mí fue como si lo hubiera visto físicamente y no en sueño como lo fue.

(Alejandro) ¿Sabes? ¿¡He estado pensando y creo que debemos empezar a buscar ese túnel dentro de la casa!?

(Mateo) ¿Y porque dentro de la casa?

(Alejandro) ¡Porque afuera conocemos cada centímetro de la hacienda, pero por dentro de la casa no Mateo! Tal vez exista algún pasadizo, alguna puerta secreta, algo que nos haga llegar hasta ellas.

(Mateo) ¡Hasta ellas! Hablas como si pensaras que mi madre y esa otra mujer no estuvieran muertas

(Alejandro) ¿Y si te dijera que podría ser verdad que pensarías?

(Mateo) Que estas completamente trastornado.

(Alejandro) ¿Porque? ¿Porque existe la probabilidad que tu madre no este muerta sino viva?

¡Mateo! ¡El día del funeral de tu madre nadie la vimos, solo nos dijeron que estaba en el féretro porque tu padre nos lo dijo!

(Alejandro) Eso lo sé, pero desde ese momento que paso lo que paso ya no la vimos, y tú y yo sabemos quiénes se hicieron cargo de lo demás, ¿Eso sí lo recuerdas verdad?

(Mateo) Sí, lo hizo mi padre y el Dr. Montes.

(Alejandro) ¿Entonces a que conclusión podemos llegar?

(Mateo) Sí, es verdad, ¿pero me niego a pensar que mi padre le haya hecho algo a mi madre? ¡Ella era su adoración! ¿Pero? ¿Y la otra persona que estaba con mi madre quién era? ¿Qué significa?

(Alejandro) ¿Eso es lo que tenemos que averiguar?

(Mateo) ¡Pasando a otro asunto! ¡Creó de le debo de dar las gracias a Sebastián por lo que hizo por mí! Aunque me va a costar trabajo, pero se reconocer que se portó como un amigo, independientemente que no me cae nada bien.

(Alejandro) Esa voz me agrada Mateo, sé que eres bueno en el fondo, pero muy en el fondo. ¡Je! ¡Je!

(Elena y sus amigas)
(Elena) ¡Amigas creo que ya se me agotaron mis vacaciones, tengo que volver a mis ocupaciones que por ahora es mi trabajo! ¡Pero en cuanto salga prometo salir con ustedes y volver a pasear y conocer otro poco de nuestro bello estado les parece!

(Isabela) Me parece perfecto, y nosotras le vamos a ayudar a tu mamá a recoger un poco la casa, ya verás que no nos vamos a aburrir.

(Lorena) ¿Por otra parte nos has contado tanto de Santa María que haber que día nos invitas para conocerla y de paso conocer algún galán como los que vimos en la playa?

(Elena) ¡Hay Lorena!, ¿Tu siempre tan romántica? Voy a tratar de convencer a Don Raymundo para que me dé permiso de llevarlas por la hacienda.

(Don Raymundo)
¡Elena buenos días! ¡Que gusto de verla, ya nos hacía falta por este lugar, sin ti la oficina se ve sin vida!

(Elena) ¡Muchas gracias Don Raymundo, pero sólo me ausente un día, es que llegaron dos de mis mejores amigas y aprovecho para darle las gracias por haberme dado permiso para no venir, pero ahora mismo me pongo al corriente con el trabajo!

(Don Raymundo) ¿Tú sabes qué tipo de asunto tenía que hacer mateo hoy en la ciudad que se fue muy de madrugada?

(Elena) ¿Que yo recuerde ninguno? ¡Pero él ya está aquí, ya que mire su camioneta ahí afuera!

(Don Raymundo) No, sé llevo la camioneta de Alejandro, la de él andaba fallando y no quiso arriesgarse a tener algún contratiempo.

¡Te dejo un momento voy a revisar unos papeles y te los hago llegar para que me los envíes a los bancos, después voy a ver cómo andan por el campo los trabajadores!

(Alejandro) ¡Elena que tal buenos días! ¿Dónde está Don Raymundo?

(Elena) Acaba de salir, cuestión de un par de minutos, tal vez salió por la puerta de atrás y por eso no lo viste. ¿Oye tú sabes a donde salió Mateo?

(Alejandro) ¿Mateo?

(Elena) ¡Sí! ¡Mateo! ¿Y eso de que su camioneta está descompuesta no es verdad, ya que hace un par de días anduvimos juntos y estaba en perfectas condiciones? ¿Tú sabes bien para donde se fue Mateo y me lo vas a decir en este momento? ¡Tú y él son inseparables, así que dime en donde esta!

(Alejandro) ¡Hay Dios santo porque las mujeres con tan tercas! ¿Te lo voy a decir pero prométeme que no se lo dirás a nadie?

(Elena) Sí, sí pero ya dime ¿Dónde está Mateo?

(Alejandro) Mateo se puso algo enfermo anoche.

(Elena) ¡Y en qué hospital se encuentra, y porque Don Raymundo no me dijo nada!

(Alejandro) Es que nadie sabe, sólo Sebastián y yo.

(Elena) ¿Sebastián?

(Alejandro) ¡Sí, Sebastián! Y de no haber sido por él, no quiero pensar lo que habría pasado.

(Elena) ¿Pero dónde está Mateo?

(Alejandro) ¡Él ésta aquí en la hacienda, en mi cuarto, pero si vas a ir a verlo te pido de favor que nadie te vea, ya que él no quiere que se den cuenta!

(Elena) ¡Vamos! ¡Vamos! Llévame ahora mismo con él.

(Sebastián) ¡Dios santo se me hizo tarde! Dormí demasiado, ¡Voy a darme un baño veré como amaneció Mateo! ¿Que ropa ve pondré hoy, está bien, hay la foto de mi madre, ha ya sé porque te encontré hoy, hoy es tu aniversario madre, cuanta falta me has hecho, quisiera tener una tumba donde irte a llevar flores he irte a llorar, pero siempre estás en mi corazón?

(Alejandro) ¡Mateo! Elena se encuentra aquí afuera, ¿le digo que pase? No te vayas a molestar conmigo por haberle dicho, sino que es tu novia y no veo porque ocultarle lo que te paso.

(Mateo) ¡Está bien hazla pasar! Yo me encuentro ya mejor, aparte acuérdate que hoy es el aniversario de la muerte de mi madre y por la tarde habrá una misa en la capilla de la hacienda.

(Alejandro) ¡Puedes pasar Elena!

(Elena) ¡Mateo! ¡Mi amor! Alejandro me conto todo lo que te paso, ¿Estas bien?

(Mateo) Si Elena, gracias a los cuidados de Alejandro y bueno, a los de Sebastián ya estoy muy bien, pero Sebastián me dijo que era mejor que reposara durante el día de hoy, pero no podré hacerlo por el aniversario de mi madre que es precisamente hoy.

(Elena) ¿Sólo vine a ver como estabas, me preocupe mucho cuando me dio la noticia Alejandro, pero ahora al verte estoy más tranquila? ¡Mateo! ¿Tu desmayo tuyo que ver con la visita a Ameyal?

(Alejandro) Tal vez si Elena; ya que un poco antes de que me desmayara él se me apareció, así, de la nada y hablamos un rato, que ya te contaré con detalles, por ahora confórmate con saber que estoy bien.

(Elena) ¿Está bien Mateo? Ya hablaremos después, ahora me voy porqué tengo mucho trabajo acumulado. ¿Te veré más al rato?

(Mateo) ¡Sí, al rato! Ahora voy a hablar con Alejandro sobre mi supuesta llagada a la hacienda, ya que dijimos que salí en su camioneta. ¡Ya vete mi amor, no quiero que mi padre sospeche algo!

(Alejandro) Mateo, ya me trajeron mi camioneta, ya no será problema el justificar tu llegada. ¿Oye, acaba de llegar Sebastián, quieres que lo pase?

(Mateo) ¡Umm! ¡Bueno está bien!

(Sebastián) ¡Que tal Mateo! ¿Cómo te sientes? ¿Te puedo examinar?

(Alejandro) ¡Ya! ¿No se miren con ojos de rencor? ¡No me gusta que dos de mis mejores amigos se porten de esa manera, y menos delante de mí! ¿Podrían hacer ese pequeño esfuerzo?

(Mateo) ¡Está bien pájaro nalgón, sólo por hoy dejaré las riñas y también por la memoria de mi madre!

(Sebastián) ¡Por mi parte no hay problema!

(Alejandro) ¡Qué bien! Mil gracias a los dos, me alegran el día.

(Sebastián) Te encuentro en perfecto estado, tal parece como si no te hubiera pasado nada.

(En ese momento a Sebastián se le cae su cartera y por accidente se sale la foto de su madre y Mateo la recoge ¡y!)

(Mateo) ¡Sebastián! ¿Quién es esta mujer?, ¿Quién es y porqué tienes esa foto? ¿Qué tienes que ver tú con ella?

(Alejandro) ¿¡Tranquilo Mateo te pusiste pálido!?

(Sebastián) ¡Esta mujer del retrato es mi madre, porque te asombras al verla!

(Mateo) ¡Ella es la misma mujer que mire en mi sueño, y estaba al lado de mi madre!

(Sebastián) ¡No puede ser! Tú sabes bien que ella está muerta y no creó que la hayas conocido en persona.

(Mateo) ¡Es verdad! Nunca la conocí, sólo hasta anoche que la mire y escuche su voz, es la misma voz que escuche hace mucho en las afueras de la hacienda.

(Sebastián) ¿Pero eso ya te lo dije? ¿¡Mi madre no tiene ningún vínculo con Santa María!? ¿Realmente me dejas sorprendido con esto que me acabas de confesar, pero quizás exista una forma de salir de dudas?

(Mateo) ¿Cómo?

(Sebastián) En mi casa tengo grabada a mi madre en una fiesta; tal vez de entre todas esas personas puedas salir de dudas. ¿Sí tu logras escuchar y distinguir su voz de entre ellas sabremos si estamos hablando de la misma persona?

(Alejandro) ¡Me parece una grande idea!, ¿Pero me temo que hoy no podremos hacer, ya que tenemos la misa de la señora María en unas horas más?

(Mateo) ¡Lo sé!, Pero no quiero que pasen los días sin descifrar todo este enredo que traigo en mi mente.

(Sebastián) ¿Pues por mí no hay problema, yo puedo ir ahora mismo por el disco y lo vemos y así salimos de dudas?, porque el hecho que hayas conocido a mí madre en ese sueño me intriga aún más.

¿Aprovechando que voy para mi casa te incomodaría si de pasada traigo a la mamá de Elena para la celebración de tu mamá?

(Mateo) ¡Me parece buena idea, te lo agradezco!

(Alejandro) Gracias Mateo, esa actitud me agrada, ahora que te parece si nos vamos para la oficina para que nadie note tu ausencia.

(Don Raymundo) ¡Nana!, ¿Ya está todo listo para la celebración?

(Nana) Si patrón ya ésta todo listo, el sacerdote ya llego, lo instale en una de las recamas de abajo para que se arregle. ¡Hice alguna merienda Don Raymundo para darles algo a las personas que nos acompañen esta tarde!

(Don Raymundo) ¡Muchas gracias nana Cuca te lo agradezco mucho, no sé qué haría sin ti! Mandé traer algunos arreglos florales para aquí adentro, los acomodas perfectamente; también traerán una pintura de mi difunta esposa María, la acomodas en este lado de la casa y le pones unas flores en su honor. Quiero que en este día se sienta su presencia como si estuviera viva.

(Sebastián) ¡Buenas tardes señora Ruth!

(Ruth) ¿¡Sebastián hijo que milagro que vienes por esta tu casa, pásale no te quedes en la puerta, a que debo el honor de tu visita!?

(Sebastián) En santa María habrá una celebración en honor de la patrona y aprovechando que yo voy para Santa María quisiera que me acompañara; y de paso también a la celebración en recuerdo de mi madre Antonieta, ya que coincidentemente también hoy es su aniversario.

(Ruth) ¡Te lo agradezco mucho Sebastián, pero tendrás que cargar no solo conmigo, sino

con tres bellas doncellas que nos encontramos en este momento en casa!
¡Deja te las presento, ellas son las mejores amigas de mi hija Elena!
¡Mira, ella es Isabela Montes y Lorena de la Cruz!
(Sebastián) Mucho gusto, mi nombre es Sebastián Almanza.

(Lorena y Sebastián entrelazaron una profunda mirada)
(Ruth) Muchachas, Sebastián nos invita a la hacienda Santa María, donde trabaja Elena, hoy es el aniversario luctuoso de la mamá de Mateo y por coincidencia también aniversario de la mamá de Sebastián.
(Isabela) ¡Muchachas no hagamos esperar a Sebastián y vamos!
(Ruth) ¡Nada más tomo mi bolso y nos vamos!
(En la hacienda)
(Mateo) ¡Elena!, ¿Deja ya de trabajar, ya empezó a llegar la gente, además de tengo una sorpresa? ¡Vamos para afuera y esperamos un poco!
(Elena) ¿Qué clase de sorpresas? ¿Espero no sea una sorpresa desagradable como la de hoy en la mañana?
(Mateo) ¡Esta sorpresa en buena!
¡Mira!, Ya viene la sorpresa.
(Elena) ¡Es Ruth! ¡Y se trajo a Lorena e Isabela!

(Ruth) ¡Elena!, Venimos a visitarte, Sebastián nos hizo el favor de traernos, Mateo mucho gusto de verte.

(Mateo) ¡El gusto es todo mío!

(Elena) ¡Mira Mateo!, Ellas son mis mejores amigas; Lorena de la cruz e Isabela Montes.

(Mateo) ¿Montes?

(Elena) Si, Montes, ¿Por qué?

(Mateo) ¡No, por nada!, Sólo recordé una persona con el mismo apellido es todo.

¿¡Qué les parece si nos vamos acercando, ya pronto dará comienzo la celebración!?

(La celebración comienza sin ningún contratiempo, Sebastián recuerda los bellos momentos que paso al lado de su madre, y no logra olvidar que en días anteriores la escucho en la hacienda.)

(Ruth) ¡Que hermosa estuvo la misa, y que bello sermón el del sacerdote al recordar a tu madre María!

(Mateo) Si señora, todo fue muy emotivo. ¡Oye mi amor, porque no aprovechan ya que tus amigas se encuentran aquí y les muestras la hacienda, le diré a mi nana que les muestre primero la hacienda por dentro, mientras yo arreglo unos asuntos aprovechando que vinieron unos clientes!

(Elena) Sí está bien Mateo, ahora mismo me llevo a Isabela y Lorena.

(Mateo) ¡Bueno, las dejó en las mejores manos! ¿Nana por favor muéstrale la casa aquí a las amigas de Elena y de paso también a ella ya que no la conoce totalmente?

(Nana) ¡Ésta bien Sebastián yo lo hago y de pasada les damos algo de merendar que ya tengo preparado!

(Alejandro) ¡Mateo! ¿Ya todo está preparado en mi habitación, Sebastián nos está esperando halla, vamos rápido ya para que te desengañes?

(Sebastián) ¡Qué bueno que llegaron, ya está todo listo, ahora necesito que te pongas de espalda y escuches las diferentes voces, y te diré si es verdad que la persona que escuchaste es mi madre!

(Alejandro) ¡Concéntrate bien Mateo y cuando ya estés seguro nos dices!

(Sebastián) Ok, ¿listo? ¡Ahí va!

(Mateo escucha con mucho detenimiento las voces de aquellas mujeres que conversaban en aquella grabación, la repetían varias veces para que Mateo descifrara aquella voz que había escuchado.)

(Mateo) ¡Esa! ¡Esa es la voz que yo escuche y no tengo la menor duda!; ¡Es ella!, ¡Es ella!

(Sebastián y Alejandro se quedan atónitos ante la reacción de Mateo)

(Alejandro) ¿Ahora tú dinos Sebastián sí la mujer que escucho Mateo y la de la fotografía son la misma persona?

(Sebastián) ¿¡Es que no me explicó Mateo!? ¡Es increíble que conozcas a mi madre, que después de tantas personas la hayas reconocido!

(Mateo) ¿¡Eso quiere decir que la voz que escuche es la voz de tu madre!?

(Sebastián) Efectivamente Mateo, esa voz es la de mi madre.

(Alejandro) ¿Y ahora qué es lo que sigue?

(Mateo) ¡Lo que tú me aconsejaste!, Buscar dentro de la hacienda algún túnel o pasadizo secreto que nos lleve a descubrir dónde está mi madre y por supuesto también a la madre de Sebastián.

(Sebastián) ¡Alto, alto! ¿No sería mejor que le dijeras a tu padre lo que está pasando? ¿El de seguro te dará una explicación a todo esto?

¡También puede ser que abras la tumba de tu madre y veas si realmente ella se encuentra ahí!

(Alejandro) ¿Pero? ¿Si lo hacemos sería como profanar su tumba? ¿Y qué le diremos a tú padre?

(Mateo) ¡Estoy decidido! ¿Abriremos la tumba de mi madre y no le diremos nada de esto a mi padre?

(Alejandro) ¿Abriremos? ¿Quizás dijiste abriré?, ¡Yo ahí no me meto!

(Mateo) ¿¡Eso no mi pájaro nalgón, los tres estamos en esto y los tres vamos a ir a abrir la tumba de mi madre!?

(Sebastián) ¡Un momento, yo no tengo vela en este entierro, así que yo no voy!

(Alejandro) ¡No señor! ¡Los tres ya metimos las narices donde no nos llaman, así que tenemos que entrarle parejo! ¿Además te aclaro que la voz que escuchaste hace días y la voz que escucho Mateo son de la misma persona?

(Mateo) ¡Un segundo! ¿Tú ya habías escuchado la voz de tú madre aquí en la hacienda?

(Sebastián) Así es. ¿Sólo que pensé que me estaba volviendo loco, y por otra parte mi madre no tiene ninguna relación con la hacienda, bueno, al menos eso es lo que se por mi abuela Cuca?

(¡Queee! Mateo y Alejandro se sorprenden)

(Sebastián) ¿Perdón por ocultarles esa verdad; mi abuela no ah querido que se sepa que soy su nieto, cosa que aún no logro entender por más que ella me da sus motivos pero yo no los acepto?

(Alejandro) ¡Ahora sí que nos dejaste con la boca abierta Sebastián!

(Mateo) ¡Cómo es posible esto! Si yo jamás escuche a la nana que tenía familia y menos una hija. Poco sale de la hacienda.

(Sebastián) Cuca siempre ha sido conmigo muy misteriosa, a pesar que me quiere mucho hay cosas que intuyo que ella me oculta. ¿Por ejemplo el no querer que se enteren que soy su nieto, y menos Don Raymundo?

(Mateo) ¿Mi padre? ¿El que tiene que ver en esto?

(Sebastián) ¡Realmente no lo sé!, ¿Ella sólo me dice que a él menos que a nadie?; pero ya eso les iré contando con más calma, ahora tus invitados te esperan y no quiero que se den cuenta de tu ausencia.

(Alejandro) ¿Y se puede saber qué día vamos a ir al panteón?

(Mateo) ¡Cuanto antes es mejor, así que mañana mismo iremos! ¿Alejandro te encargas de llevar las herramientas? ¡Ahora vámonos que te quiero presentar a alguien Alejandro!

(Alejandro) ¿A mí? ¿Quién es él?

(Mateo) ¿Tú no preguntes? ¿Y no es él sino ella?, ¡vámonos!

(Isabela) ¡Que bella pintura nana Cuca!, ¿Perdón, Señora?

(Nana) No te preocupes hija, aquí todos me llaman nana Cuca, así que no te sientas mal. ¡Y es verdad muchacha, la señora María en paz descanse era muy hermosa!

(Lorena) ¿Pues se ve que murió muy joven?

(Nana) ¡Así es Lorena! ¡Yo a veces siento como que ella vive dentro de la hacienda, tengo tantos y tantos recuerdos de ella que me cuesta trabajo aceptar que ella ya no está a nuestro lado!

(Ruth) ¡Mateo hijo, no te sentí llegar, me asustaste!

(Mateo) Perdón señora Ruth, sólo que yo también me quede impresionado con la pintura que mando hacer mi padre, casi siento que la estoy viendo viva, su pintura es tan real que no lo puedo creer que ya no esté a mi lado.

¡Perdón! ¿Les quiero presentar a alguien que es como mi hermano, nos criamos desde muy pequeños, él es Alejandro Durán?

(Alejandro escucha un murmullo de campanas por todo su cuerpo al estrechar la mano de Isabela) (Alejandro) Mucho gusto, encantado de conocerlas.

(Elena) Ellas vienen de Yucatán, somos amigas desde ya hace algún tiempo y viene a pasar unas vacaciones así que de nosotros depende que se lleven una buena impresión de nuestra hermosa tierra como lo es Campeche y lógico Escárcega.

(Sebastián) ¡Cuenten conmigo para lo que se les ofrezca, conozco varios lugares turísticos y de mucha historia que les puede ayudar para que se lleven esa buena impresión como dice Elena!

(Mateo y Sebastián se apartan un momento) (Elena) ¿¡Sebastián mi amor como estas!? Tengo días sin saber de ti, como has estado, me quede preocupada desde el día que fuimos a ver a Ameyal.

(Mateo) ¡Ni me digas de él!

(Elena) ¿Por qué? ¿Paso algo?

(Mateo) ¿Algo? ¿¡Sí te contara, me han pasado muchas cosas!? ¿Se me aparece de pronto como si fuera un fantasma? ¿Me dice tantas cosas extrañas que me dejan aún más confundido? ¿Para empezar ayer que me desmaye; entre mi sueño mire a mi madre y a otra mujer? Bueno, no sólo la mire, ¿sino que escuche su voz? ¿Hoy que me estaba examinando Sebastián se le cayó una foto, yo le pregunte que si quien era esa persona, y el responde que es su madre? ¿Yo le digo no puede ser, ya que a ella yo la mire en mi sueño y estaba junto a mí madre, y las dos están vivas? ¡Sebastián me propuso que escuchará un video donde salía esa voz!

(Elena) ¿Y qué paso?

(Mateo) ¿Pues escuche el video y reconocí la voz y resulta que si es la mamá de Sebastián? ¡Y para colmo me entero que Sebastián y la nana son familia!

(Elena) Yo sabía que Sebastián y la nana son familia sólo que se me había pasado decirte y aparte como tú y Sebastián no se llevan bien, pues no creí conveniente decírtelo. ¡Pero!, ¿Y a todo esto que piensan hacer?

(Mateo) Para empezar déjame decirte que mañana vamos a abrir la tumba de mi madre.

(Elena) ¡Sebastián! ¡Eso es ilegal! ¿Ustedes no pueden hacer esto?

(Mateo) ¡Yo lo sé! ¿Pero no queremos que mi padre se enteré; ya que si eso pasa me puede llegar a encerrar en algún manicomio o peor aún, a él le puede hacer daño? ¡Tú sabes que desde que murió mi madre se encuentra a base de pastillas! ¿Yo lo único que quiero saber es si mi madre está en esa tumba?

(Elena) ¿¡Si ya lo decidieron ustedes a mí no me queda más que apoyarte y ver hasta dónde llegan!? ¿Prométeme que te cuidaras?

(Mateo) ¡Lo aré chiquita, te lo prometo!
(Sebastián) ¡Hola Lorena! ¿Cómo te la estás pasando? Muy bien gracias Sebastián. ¡Esta hacienda es verdaderamente hermosa! ¿No pensé que me fuera ah agradar tanto estas tierras?
(Sebastián) ¡Yo poco pensé que me agradaría tanto trabajar en esta hacienda! ¡Yo antes vivía en Yucatán, pero por cosas del destino vine a dar a santa María; ahora aquí me encuentro y no sé por cuanto tiempo!
(Lorena) ¿Y te viniste con todo y tu familia?
(Sebastián) ¡No! No soy casado, aún no llega esa persona que quiera compartir mi vida conmigo. ¡Oh tal vez sí pero ella no quiere!
(Lorena) Ya entiendo, ¿ella esta con otra persona no es así?
(Sebastián) Si así es, pero que te parece si mejor damos un ligero paseo y te muestro la hacienda.
(Alejandro llega en ese instante)
(Alejandro) ¡Hola mucho gusto!
(Isabela) Isabela, Isabela Montes, ¿Tú eres el hermano de mateo?
(Alejandro) ¡Bueno! Nos criamos juntos, por eso es que él me considera como su hermano y cosa que yo le estoy muy agradecido.
(Isabela) ¡Qué bien se siente este lugar, lejos del ruido y del bullicio de la gente! ¿Tú has de vivir muy tranquilo no es así?
(Alejandro) Sí, un poco, lo que pasa que uno que siempre ha vivido en estos rumbos a veces

no sabe apreciar el valor de lo que tiene a su alrededor y deja que la vida se vaya pasando y de pronto de das cuenta que el lugar donde vives es de lo más bello y lo notas sólo cuando una persona ajena al lugar te dice lo bello que es este sitio.

(Isabela) ¡Oye que bello escuchar a una persona expresarse de tal forma, eres especial Alejandro, me agrada tu compañía!

(Alejandro) ¿No sé qué decirte Isabela, nunca nadie me había dicho esas cosas, haces que me sonroje? ¡Oye vámonos! Está empezando a llover, te llevo a la casa, espero pronto poder visitarte.

(Isabela) ¡Claro! Me daría mucho gusto contar con tan agradable compañía.

(Nana) ¡Dios santo que fuerte se vino la tormenta! ¡Muchachos mira nada más como vienen de mojados, vayan a cambiarse!

(Mateo) ¡Nana y mi padre! ¿Dónde está?

(Nana) Desde que salimos de misa no lo volví a mirar, pero tal vez se encuentre en su despacho con alguno de los invitados.

(Mateo) ¿Nana te pido de favor? ¡Llevas a las muchachas a una de las habitaciones del fondo y veo que casi son de la talla de mi madre, dales ropa que ella tenía y que nunca llego a utilizar! ¿Espero no les cause miedo?

(Lorena) ¡No te preocupes Mateo no tenemos por qué sentir algún temor, es sólo ropa y nada más!

(Mateo) Muchas gracias, enseguida se las lleva mi nana.

(Ruth) ¡Oye Elena y Sebastián! ¿Dónde está?

(Elena) Supongo que se fue, ya vez que él y Mateo no se llevan muy bien, y supongo que no quiso entrar a la casa.

(Isabela) ¡Hay Lorena me fascino Alejandro! ¡No sé qué tiene que quiero volver a verlo, tiene un ángel, una cierta mirada en sus ojos, no sé, me agrada su compañía!

(Lorena) ¡A mí me paso lo mismo!

(Isabela) ¿También con mi Alejandro?

(Lorena) ¡No tonta, con Sebastián, sólo que por lo que pude notar su corazón está ocupado, y me gustaría saber quién es esa persona que por ella sufre!

(Isabela) Pasando a otro tema: ¡Que bella es toda esta hacienda, tanto por dentro como por fuera!

(Lorena) ¿¡Parece mágica, todo se ve tan original, pero puede esconder mucho misterio!?

(Isabela) ¿Misterio? ¿A qué te refieres?

(Lorena) Por que tiene ya muchos años, y si te fijas, esta parte de la casa poco se usa, aparte que aquí es para habitar dos o tres familias y solo viven unos pocos dentro de ella.

(Isabela) Bueno viven unos pocos porque la señora de la casa falleció sino ya me imagino que andarían un montón de hijos por toda la casa.

(Lorena) *¡Hay Isabela que cosas dices! ¿Oye Isabela mira se ve un hueco aquí, como que le hace falta un tabique a esta parte? ¿Tal vez por eso lo éste cubriendo este cuadro?*

(Isabela) *¡No se te ocurra meter tu mano dentro de él, puede que en él se encuentre algún animal y te haga daño!*

(Lorena) *¡Hay no seas tan miedosa, mira no pasa nada! ¿Hay Dios que es eso?*

(Isabela) ¿Te paso algo?

(Lorena) ¡No!, ¿¡Solo que sentí que al meter mi mano algo se movió!? ¡Mira! ¡Se está abriendo una puerta! ¡Es un túnel o pasadizo!

(Isabela) ¡Lorena tengo miedo! ¿No te vayas a atrever a entrar ahí?

(Lorena) ¿No seas cobarde, mira? ¡Sé ve como que alguien entro! ¡Mira estas huellas, están frescas!

(Isabela) Sera mejor alejarnos de este lugar, me entro miedo. ¿Y? …

(Nana) ¿Muchachas puedo entrar? Aquí les traigo la ropa para que se cambien.

(Isabela) ¡Vamos Lorena! Cerremos este lugar, será mejor no comentar lo que descubrimos, no quiero que nos vayan a llamar la atención por andar merodeando cada sitio de la casa.

(Lorena) ¡Pase nana!

(Nana) Aquí les traigo esta ropa, espero sea de su agrado, ya esta pasada de moda, pero al menos por un rato les quitara el frío y no se me vayan a enfermar.

(Lorena) Muchas gracias nana, es usted muy amable. ¿Disculpe nana le puedo hacer una pregunta?

(Nana) Si hija dime.

(Lorena) ¿Ya tiene usted muchos años trabajando en esta hacienda?

(Nana) ¡Huy Lorena, desde que mi madre me trajo al mundo, y de eso ya llovió! ¡Ja, ja, ja! ¡Ella también trabajo para los abuelos del Sr Raymundo! Toda mi familia siempre ha trabajado para los Fernández desde generaciones.

(Isabela) ¿Entonces usted conoce cada rincón de la hacienda?

(Nana) ¡Como la palma de mi mano!

(Isabela) ¿Y aquí no hay algún pasadizo o túnel? ¡Lo digo por lo antiguo de la casa, ya ve que este tipo de haciendas siempre encierran algún misterio, como si hubiera túneles por doquier o fantasmas y esas cosas!

(Nana) ¡No Isabela!, ¿Cómo te dije, yo conozco perfectamente la casa y nunca he visto nada extraño en ella? ¡Bueno yo las dejo que se cambien, no quiero que la ropa se les vuelva a secar en su cuerpo!

¿Por un instante pensé que le ibas a decir lo que descubrimos?

(Isabela) ¿Cómo crees Lorena? ¡Si le digo capas de que nos corren por andar de chismosas!

(Lorena) ¿Mejor vamos a cambiarnos rápido y salir inmediatamente de aquí, que todo esto ya me dio miedo?

(Al salir ellas de la habitación, la puertas se abrió y una persona salió de ahí y comenzó a caminar por toda la habitación. Ellas por salir rápido de la habitación olvidaron sus ropas que llevaban puestas y el personaje las toma y entra con ellas al pasadizo)

(Isabela) ¿Lorena olvidamos la ropa que nos quitamos, vamos a regresar por ella?

(Lorena) ¿¡Dios Santo que paso con nuestra ropa, ya no está en donde la dejamos!?

(Isabela) ¡Vamonos inmediatamente de aquí y no digamos nada, no sé qué este pasando en este lugar!

(Mateo) ¿Ya se fueron todos invitados, ya tienes arreglado para mañana?

(Alejandro) ¿Estás seguro de lo que vamos hacer? No quiero que nos metamos en algún problema con tu papá.

(Mateo) todo saldrá bien, nada más avísale a Sebastián la hora, nosotros pasaremos por él. Yo me voy a descansar, me siento un poco mareado.

(Alejandro) Está bien no te preocupes, yo arreglo todo.

(Mateo) ¡Que día tan largo y vaya de sorpresas que me lleve, ya quiero descubrir todo este enredo!

(Ameyal) ¡Y yo también Xólotl! ¡Yo también quiero llegar al fondo y recuperar lo que me fue arrebatado!

(Mateo) ¿Cómo entra usted así a mí mi habitación? ¿Y ahora que quiere?

(Ameyal) ¿Entrar a tu habitación es muy fácil, difícil se me hizo entrar a tu cuerpo anoche?

(Mateo) ¿Usted entro en mi cuerpo? ¿Eso fue el motivo por el cual me desmaye?

(Ameyal) ¡Así es Xólotl!

(Mateo) ¿Se da cuenta de lo que hizo? Puso en peligro mi vida, ¿estuve a punto de morir?

(Ameyal) ¡Tú eres muy fuerte muchacho, pero gracias a Sebastián estas a salvo, aparte no hubiera dejado que tu alma volara, aún no ha llegado el momento de tu partida de este mundo! Vine para agradecerte por haberme permitido mirar con los ojos de tu alma, ahora sé que ellas están ahí, y muy pronto nos encontraremos. Muchas gracias Mateo, ahora te dejo, aún tengo otra visita.

(Mateo) ¡Ya sé, ahora se va a ir como siempre, sin despedirse y **(Mateo se voltea un poco)** se desaparece por arte de magia! ¿¡Desapareció a dónde se fue!? ¡Hay Dios esto no me puede estar pasando!

(En casa de Sebastián)

¿Sera posible que mi madre Antonieta este viva? Me siento confundido por todo lo que escuche a Mateo decir, es que es imposible de no creer.

(Ameyal) ¡Es mejor que empieces a creer Sebastián, muchas cosas descubrirás de aquí en adelante!

(Sebastián) ¿Quién es usted y como entró?

(Ameyal) ¡Mi nombre es Ameyal que significa manantial! De aquí en adelante seré un fiel compañero que los guiará hasta el final, no dejare que sus almas sean arrebatadas por la serpiente.

(Sebastián) ¿De que ésta hablando? ¿De qué serpiente y quienes son esas otras almas?

(Ameyal) ¡Esos otros son Mateo y Sebastián, sus almas estaban separadas, pero ahora el destino las vuelve a unir!

Llego el día en que todo se sabrá y ustedes vuelvan a sonreír, pero aún les faltan algunas pruebas que deben pasar pero deben estar unidos; ustedes son fuertes y sé que las superaran, pero deben aprender a separar los malos entendidos y los rencores solo así podrán sobrevivir, de otro todo lo que hayan ganado se perderá por no saber sobrellevar sus malos entendidos. ¡Solo una cosa más Sebastián! ¡Voltea los ojos del corazón hacia otros horizontes, no te aferres a algo que no es para ti, no hagas sufrir a tu corazón, yo sé porque te lo digo!

(Sebastián) ¿No sé porque usted me dice tanta cosa que no comprendo? ¿Porque no es usted más claro y se deja de rodeos, es usted tan extraño?

(Ameyal) ¡No te sientas incómodo Sebastián! De ahora en adelante estaremos unidos, al igual que Mateo y Alejandro.

(Sebastián) ¿Que tiene que ver o más bien que tengo yo que ver en todo esto?

(Ameyal) ¡Mucho Sebastián!, ¡Mucho!, Ya que alguien muy especial para ti que la creías perdida, pronto volverá a ver la luz, y tú debes estar ahí para recuperar ese tiempo perdido.

(Sebastián) ¿Se refiere a mi madre?

(Ameyal) ¿Averígualo por ti mismo?, Pero abre bien los ojos, y no sólo los físicos sino también los del alma.

(Sebastián) ¡Está bien, trataré de seguir sus consejos, también espero que la próxima visita que me haga sea por la puerta y no como fantasma!

(Ameyal) Tratare aunque no te lo aseguro, ya que pocas veces acostumbro usar la puerta, pero por tu generosidad tratare.

(Elena) ¡Amigas!, ¿Hoy las vi muy emocionadas como nunca, no será por la grata compañía de dos buenos jóvenes? ¡Se me hace que la venida a estas tierras va hacer muy fructífera en cuanto a amores se refiere!

(Isabela) ¡Por mi encantada Elena! Sería tan feliz si un hombre como Alejandro se fijara en mí, es tan simpático, tan amable, tan lleno de sinceridad. ¡Tan!, ¡Tan!

(Ruth) ¡Hay hija pues tan papacito hija! ¡Válgame Dios que dije! ¿Bueno ya lo dije? Es muy buen mozo, al igual que el tuyo Lorena, y vayan haciendo toda la lucha en conquistarlos muchachas porque se los pueden ganar por estos rumbos. ¿Así que usen sus encantos?

(Elena) ¡Mamá que cosas les estas aconsejando a mis amigas! ¡En vez de que les digas que se vayan con precaución!

(Ruth) ¡Hay hija!, Al toro por los cuernos, ellas merecen ser felices y yo creo que con esos muchachos las pueden llegar hacer muy felices. ¿¡Aparte tú sabes que soy tan romántica que hasta a mí me dan ganas de encontrar un buen partido!? ¡Digo! ¡Aún estoy de buen ver! ¡Je!, ¡Je!

(Elena) Hay Ruth que cosas dices, te desconozco por completo, de verdad que hoy te volaste la barda.

¡Pero aun así te quiero mucho mamá!

(Isabela) ¡Hay amiga, que dicha tener una madre como la tuya, yo no tengo a la mía y a mi padre menos, a pesar de que es mi padre lo conozco tampoco, siempre anda con muchos misterios, pero ya me acostumbre, siempre ha sido de ese modo!

(Ruth) No es momento de que te pongas triste, mejor aprovéchame ahora que estas aquí y dame los abrazos que quieras. ¡Te parece! ¿¡Bueno les parece!? ¿Ahora tengo tres hijas?

(Lorena) ¡Gracias!, ¡Gracias por todo!

(Elena) ¡Basta de arrumacos a vamos a descansar, que él día a estado lleno de emociones!

(Isabela) Y vaya que fueron muchas emociones, y llena de misterios.

(Elena) ¿Por qué de misterios?

(Isabela) ¡Sólo es un decir, no me hagas caso y vamos a dormir!

(Mateo) ¡Hoy será un gran día muy decisivo para mí; de la visita a la tumba de mi madre sabré si realmente ella esta sepulta en esa tumba!

(Alejandro) ¡Buenos días Mateo! Sigues en la misma postura de ir esta noche al cementerio.

(Nana) ¿Van a ir al cementerio? ¿Puedo ir con ustedes muchachos? Sirve que le llevo una flores que a ella tanto le agradaban, nada más díganme a qué hora para alistarme.

(Alejandro) ¡Aún no estamos seguros de ir nana!, Ya que tenemos mucho trabajo, pero ya sabes que si vamos yo mismo vengo por ti, ¿verdad Mateo?

(Mateo) ¡Así es nanita! ¡Y tú sabes que te adoro! Bueno vámonos que tenemos mucho trabajo.

(Alejandro) Por poco y se nos pega la nana, que bueno que salió eso del trabajo.

(Mateo) Sí, estuvo cerca. Ya le avisaste a Sebastián, espero no se eche para atrás a la mera hora.

(Alejandro) Si, hace rato hable con él y sigue en lo dicho. ¡Y también me dijo de una visita extraña que recibió anoche, que después nos contaría! Y que nos espera afuera del cementerio.

(Elena) ¡Hola Mateo! ¿Cómo amaneciste hoy?

(Mateo) Algo más tranquilo y decidido hacer lo que te comente ayer.

(Elena) ¿Siguen con lo mismo? ¡Pensé que recapacitarías o que tal vez desistirían de esa locura!

(Mateo) ¡Ahora más que nunca lo aremos! Ameyal me visito anoche y cada vez me deja con más dudas, y eso hace que me aferre a buscar las explicaciones que no me atrevo a preguntarle a mi padre.

¡Vamos a trabajar que ya tenemos muchos pendientes, al rato que vea a mi padre le diré que voy a llevarte a cenar para que no se dé cuenta!

(Elena) ¡Está bien Mateo!, Pero prométeme que si todo sale bien te olvidaras de esa idea y buscamos otras formas de solucionar ese problema.

(Mateo) ¿Te refieres a ir con un psicólogo?

(Elena) ¡Pues si Mateo, quiero que estés bien para yo sentirme más tranquila!

(Mateo) ¡Está bien, te lo prometo!

(Horas más tarde)
(Mateo) ¡Papá!, Llevaré a Elena a cenar. No me tardaré mucho para que no tengas pendiente.

(Don Raymundo) ¡Ahora! Que mosca te pico, ¿Tú nunca me avisas de tus salidas?

(Mateo) ¡Siempre hay que dar sorpresas de vez en cuando, y hoy es una de ellas papá!

(Don Raymundo) ¿Supongo que Alejandro ira contigo?, ya vez que no se desapartan. ¿Espero que no vuelvas a las andadas y llegar con tus copas de más? ¡No eches a la basura el cambio que Elena ha hecho por ti!

(Mateo) ¡Sí, le debo mucho a ella, gracias a su amor! Alejandro ira conmigo, él tiene una cita también con alguien, espero que se le haga con ella, ya le hace falta enamorarse.

(Don Raymundo) ¡Qué bien!, Eso me alegra, que ya tenga alguna ilusión que buena falta le hace. Y porque llevas herramientas en la camioneta, parece como si fueras a desenterrar un muerto.

(Mateo) ¿No nada de eso papá como se te ocurre, lo que pasa es que el camino se pone algo peligroso con este tiempo y hay que estar prevenidos, ya sabes; hombre prevenido vale por dos?

(Don Raymundo) En eso sí tienes razón, bueno. Que se diviertan y no lleguen tan tarde, yo iré a dar una vuelta por el campo.

Tiempo más tarde.

(Sebastián) Bueno pues ya estoy aquí, aunque realmente no sé si sea lo correcto, pienso que todo esto me sigue pareciendo una absoluta locura. ¡Dios santo esto es escalofriante estar afuera del cementerio! ¿Me parece que ya vienen, espero sean ellos y no un fantasma?

(Alejandro) ¡Hola, que tal Sebastián! ¿Tienes rato que llegaste?

(Sebastián) No mucho, pero ya estaba desesperado, esto de estar sólo y en este lugar, no es muy común.

(Mateo) ¡Hola Sebastián! Gracias por venir. ¿Qué les parece si entramos?

(Alejandro) ¡Vamos! ¡Todo saldrá bien! ¿Y cómo tú eres el más indicado, Mateo, tú vas por delante, muéstranos el camino?

(Mateo) ¡Por aquí es!

(Alejandro) ¿Y qué es lo que nos querías contar Sebastián, quien fue esa visita tan inesperada? ¡Alguna chica!, ¡Ja, Ja, ja!

(Sebastián) Ojalá hubiera sido, pero a decir verdad fue alguien muy extraño y que no entro a mi casa como la gente normal, sino como un fantasma.

(Mateo) ¿De pura casualidad no era Ameyal?

(Sebastián) ¡Exactamente! ¿Acaso tú lo conoces?

(Mateo) Si, y todo lo que estamos haciendo es a consecuencia de una visita que le hicimos Elena y yo hace ya algunas semanas. Y de esa plática tan extraña me han surgido muchas cosas mucho más extrañas; entre ellas el desmayo aquel, que por poco me cuesta la vida, y la persona que entro en mí esa noche fue nada más y nada menos que ameyal.

(Sebastián) ¿Y qué quería saber?

(Mateo) El paradero de una persona muy especial para él. ¡De ahí fue que conocí a tu madre!

(Alejandro) ¡Bueno, es aquí! Será mejor darnos prisa para no levantar alguna sospecha.

(Mateo) ¿Siento que estoy faltando a la memoria de mi madre, nunca pensé en volver a verla? Se me hace un nudo en la garganta al pensar que la volveré a ver.

¿Sé que ella está aquí, y si es ella, me olvidaré de toda esta locura y sólo me dedicare a Elena?

(Alejandro) Pues ya casi llegamos a su féretro, así que te toca abrirlo amigo.

(Mateo) No, eso es mucha presión para mí, te pido de favor Sebastián que lo abras.

(Sebastián) ¡Ésta bien, pero si no quieres ver te entenderemos y solo te diremos que es tu madre la que está aquí adentro!

(Alejandro) ¿Dios santo que es esto?

(Sebastián) ¿¡Que monstruosidad!?

(Mateo) ¡Qué! ¿Qué fue lo que encontraron?

(Alejandro) Ven para que te cerciores por ti mismo.

(Mateo) ¡No!, ¿Esto no puede ser? ¡Mi madre no, Dios!

(Sebastián) ¡Tranquilo Mateo, ya descubriste la verdad por ti mismo! ¿Ahora tú tienes la última palabra?

(Mateo) ¿Es que no me lo explico? ¿Por qué de esta forma?

¡Papá! ¿¡Hora me tienes que explicar que hiciste con el cuerpo de mi madre!?

(Alejandro) ¡Por favor Mateo, tranquilo, ¡Mira!, Toma un poco de agua y relájate, ya vimos lo que hay aquí!

(Mateo) ¿Pero? ¿En esta tumba no hay nada de mi madre, solo, solo madera podrida y ropa? ¿Y entonces ahora dónde le lloraré a mi madre? ¿Dónde ésta su tumba?

(Ameyal) ¡De ahora en adelante no le debes llorar a alguien a alguien que aún vive Xólotl! ¿Es tiempo de buscar en otros lugares, la luz esta pronta a salir y esa luz alumbrara a muchos corazones?

(Alejandro) ¡Ameyal! ¿Qué haces aquí? ¿¡Este no es sitio para ti, algo te puede pasar!?

(Ameyal) No te preocupes, el lugar que piso es lugar sagrado

(Sebastián) ¿Ustedes se conocen?

(Mateo) ¡Alejandro! ¿Qué significa todo esto?

(Sebastián) ¿Estamos esperando una explicación Alejandro, de donde y desde cuando se conocen?

(Mateo) ¡Alejandro! ¿Tú y yo somos como hermanos, como es posible que no me hayas dicho que ya se conocían? ¡Un momento!

¿¡Si ustedes se conocen, eso quiere decir que el conoce todos nuestros planes, él sabía que nosotros estaríamos aquí, y nadie más que tú se lo pudo haber contado!?

(Sebastián) ¿Traicionaste la confianza de tú mejor amigo Alejandro? ¿No te creí capaz de hacer esto?

(Ameyal) No es necesario que le reclamen de esa manera a quien tanto los ha apoyado en todo momento, yo tuve que ingeniármelas para que me dijera lo que estaban planeando, y yo más que nadie quería que se dieran cuenta de esta verdad que ahora acaban de descubrir.

(Sebastián) ¿Entonces usted sabía que la madre de Mateo no estaba sepultada bajo este montón de tierra?

(Ameyal) ¡Es verdad, yo sabía que ella no se encontraba bajo esta tumba!

(Mateo) ¿Y desde cuando sabe que mi madre no se encontraba aquí?

(Ameyal) ¡Desde el primer instante que se corrió la noticia de su supuesta muerte!

¿Pero soy un mortal y no tengo todas las respuestas, no a todos los lugares puede penetrar mí espíritu muchachos?

(Mateo) ¿Y a todo esto? ¿Cuál es el interés en encontrar a mi madre? ¿Que la une a ella? ¿Y porque el afán de quererme proteger?

(Ameyal) Son muchas preguntas a la vez Mateo, pero sólo te puedo decir que ella es alguien muy valioso para mí, es lo que aún me mantiene vivo.

(Mateo) ¿Esta insinuando que entre mi madre y usted existía algo?

(Ameyal) ¡Eso no lo digas ni en broma muchacho, entre ella hay otros lazos que nos unirán para siempre!

(Alejandro) ¿Sera mejor que nos vayamos de este lugar? ¡Vamos Sebastián ayúdame a dejar esto como estaba para que no dejar huella!

(Ameyal) ¿Dense prisa, que ciento la llegada de una fuerza maligna a nuestras espaldas? Mientras are algo para que no llegue hasta este lugar sagrado y vea lo que paso aquí.

(Sebastián) ¡Alejandro! ¿Explícanos a que se refiere? ¿Quién puede acercarse hasta este lugar? ¿Porque tanto misterio con este hombre?

(Alejandro) ¿No es momento para eso, vamos a darnos prisa?

(Mateo) Llegando a la casa me tienes que explicar muchas cosas, y no quiero que me salgas con evasivas.

(Sebastián) Bueno, ¿Pues si ya estoy en este enredo al que ustedes me metieron también tengo que saber de qué se trata, y más si en todo esto está metida mi madre?

(Alejandro) ¡Tranquilos! ¿Tampoco me presionen, prometo contarles, pero otro día, hoy ya es muy tarde y han sido muchas cosas juntas? ¿Por favor?

(Sebastián) Esperamos que tus explicaciones sean convincentes, no quiero enredos ¿No quiero que salgas como mi abuela, que todo se queda a medias y no me aclara nada?

(Alejandro) ¡Ya les dije que todo les contaré, ahora vamos pronto, no quiero que Ameyal nos regañe!

(Ameyal) Vamos muchachos suban a sus carros y váyanse de prisa, que la sombra del mal no los descubra. Pronto nos reuniremos para afianzar más nuestras fuerzas y seguir avanzando.

(Mateo) ¡Sebastián! Sé muy bien que no nos llevamos bien, pero quiero hacer a un lado esas diferencias por ahora para concentrarnos en la búsqueda de nuestras madres, ahora más que nunca estoy convencido que mi madre ésta viva en algún lugar de esta hacienda y juntamente con ella ésta tu madre y por ello mismo no quiero mezclar las cosas.

(Sebastián) Estoy completamente de acuerdo, es un trato y trato hecho no se deshace.

(Alejandro) ¡Así se habla muchachos, me alegra mucho verlos arreglar las cosas!

(Mateo) ¡Y ahora tú mi estimada lagartija nos vas a decir toda la verdad acerca del brujo que ya me trae vuelto loco, y por el cual la cabeza me da vueltas y vueltas y he llegado a la conclusión de que ustedes se conocen desde hace ya mucho tiempo, y no me salgas con que son inventos o figuraciones mías!

(Sebastián) ¿¡Mateo tiene razón Alejandro!? Si queremos descifrar todo este enredo, debemos empezar por desaparecer toda mentira de entre nosotros. ¡Y si tu Alejandro es verdad que conoces quién es ese personaje, más vale que no nos mientas porque entonces sí, aunque seas muy nuestro amigo no te vamos a perdonar un engaño!

(Alejandro) ¡Yo los entiendo, y sé que existe mucha inquietud por saber más de Ameyal pero para que yo les pueda explicar todo, es necesario que él éste presente!

(Mateo) ¿Por qué tanto misterio con él Alejandro?

(Alejandro) Él es una pieza clave en todo este rompecabezas, y en cierta manera él es el más interesado en saber sobre el paradero de sus madres.

(Mateo) ¿Pero que le une a ellas?

(Alejandro) Solamente a él le compete decírtelo Mateo.

(Sebastián) ¿Eso quiere decir que tú sabes ese motivo o secreto?

(Alejandro) ¡Está bien ustedes ganan! Ameyal y yo nos conocemos de hace mucho tiempo, pero no era el momento para revelárselos.

(Mateo) ¿El momento? ¿¡Sí llevamos años de conocernos tú y yo, y hablas de que aún no era el momento!? ¿Y cuándo era el momento según ustedes?

(Alejandro) ¡Hasta que estuviéramos los tres reunidos otra vez!

(Sebastián) ¿Cómo? ¿Pero nosotros nunca nos habíamos visto, al menos ustedes y yo jamás nos conocimos hasta mi llegada a la hacienda?

(Alejandro) Se equivocan hermanos, siempre hemos estado unidos aunque ustedes no lo vean así)

(Dé pronto se aparece Ameyal)

(Ameyal) ¿¡Qué pasa aquí!?

(Sebastián) Ya es hora de tanto enredo y misterio con ustedes. ¿Necesitamos escuchar la verdad ahora mismo? ¿Y porque Alejandro nos dice que siempre hemos estado unidos?

(Ameyal) ¡Está bien! Es verdad ustedes siempre han estado unidos, especialmente tú Mateo y Alejandro.

(Mateo) ¡Eso ya lo sé! Él y yo nos conocemos desde que éramos unos niños.

(De repente)

(Nana) ¡Muchachos están ahí! Escuche voces y pensé en venir, quizás necesitan algo.

(Sebastián) ¡Qué hacemos!, ¿Mi abuela no debe enterarse que estamos todos aquí reunidos?

(Ameyal) ¡Te equivocas muchacho, a ella también le interesaría saber todo esto que está ocurriendo, será mejor que entre y escuche lo que les tengo que decir! ¡Abre la puerta nana!

(La nana se queda sorprendida al ver a todos reunidos y con cara de espanto, ella se turba un poco y siente desvanecer al ver a Ameyal con aquellos muchachos)

(Nana) ¿Pero que ésta pasando aquí, porque están todos reunidos, especialmente usted Ameyal? Tengo tantos años sin verlo, desde que nuestras hijas eran unas jovencitas y después de que...

(Ameyal) Eso es precisamente lo que les debo decir a los muchachos, creo ha llegado el momento de que todo esto se aclare nana. Los espíritus están muy alterados; de hoy en adelante tendremos que tener los ojos muy abiertos, pues vendrán cosas que quizás no podremos soportar. ¡Y usted sabe de lo que estoy hablando!

(Mateo) No entiendo lo que sucede con ustedes, estoy harto que todo se diga a medias palabras.

(Alejandro) ¡Tranquilo Mateo, pronto se aclararan tus dudas y podrás sentir un gran alivio!

(Mateo) ¡Sabes Alejandro! Cada vez que siento algo fuerte, algo que me atormenta, tus palabras son como una fuerza que me anima para seguir adelante; *(Se dan un gran abrazo, pero en ese abrazo algo cae del cuello de Alejandro)* ¿Qué haces tú con la mitad del caracol que me dio Ameyal? ¿En qué momento me lo quitaste que no me di cuenta? ¡Ha ya recuerdo, en algunas de mis borracheras o cuando estaba enfermo!

(Alejandro) ¡No Mateo! ¡Yo jamás te he quitado nada, mira, ve por ti mismo ahí en tu pecho!

(Mateo) ¡Dios santo! ¿¡Es la otra mitad que le faltaba para estar completos, pero no entiendo por qué tú tienes esa otra mitad!? ¿Siempre pensé que esa otra mitad la debería tener Elena?

(Ameyal) ¡Tranquilo Xólotl! ¿Recuerdas la vez que fuiste a visitarme a mi casa y que por primera vez te llame por ese nombre y lo que significaba?

(Mateo) ¿Recuerdo que me dijo que significaba gemelo? ¡Pero! ¿Yo jamás tuve otro hermano?

(Nana) ¿Te equivocas hijo? Nunca pensé en que de mis labios saldría esa verdad. Sí, tú tienes un hermano gemelo, más bien dicho, tu madre dio a luz a dos hermosos hijos, pero sólo uno vio la luz de este mundo, el otro murió a los pocos minutos de haber nacido. Tu madre no se dio cuenta pues ya estaba muy débil por el parto... y tu... Abu, digo Ameyal se lo llevo para darle cristiana sepultura.

(Ameyal) ¿Es verdad? ¿Pero lo que ustedes ignoran es que ese niño no murió? Los dioses le tenían preparado algo muy muy especial y era cuidar de ese otro ser tan especial. Si Mateo, ese hombre que vez aquí, este hombre que ha

estado contigo en las buenas y malas y que sin darte cuenta también ha llorado la ausencia de su madre ¡Es tu hermano Alejandro! *(Mateo y Alejandro se dan un fuerte abrazo de hermanos y no dejan de verse uno al otro ya que la sorpresa fue muy grande.)*
(Alejandro) ¡No sabes cuantas ganas tenía de decirte hermano! ¡Eres mi hermano!
(Mateo) ¡Pero tú ya sabías que somos hermanos, y aparte gemelos, o cuates como se diga!
(Alejandro) Si Mateo, yo siempre he sabido la verdad, gracias a Ameyal estoy vivo.
(Mateo) ¿Pero, que tiene que ver Ameyal en nuestras vidas? ¿Muchas veces se lo he preguntado y evaden esa pregunta? ¿Qué tiene que ver usted con mi madre?
(Nana) ¡Muy sencillo Mateo!; Cuando tu padre pretendía casarse con tu madre, Ameyal se opuso rotundamente a la boda de tu madre pero a pesar de todo se casaron. ¿Recuerdo muy bien ese día de la boda pues pasaron cosas muy extrañas?
(Mateo) ¡Extrañas!, ¿Cómo qué?
(Nana) ¡El cielo se tornó negro y los relámpagos no dejaron de caer toda la noche, pareciera como si el mundo se fuera a terminar de un momento a otro! Pero al día siguiente todo volvió a la normalidad y todo quedó en un suceso de la misma naturaleza.
(Mateo) ¿Pero, qué tiene que ver usted es todo esto?

(Ameyal) ¡Muy sencillo muchacho! Yo me interpuse en la boda de madre ¿Por qué? ¡Ella es mi hija! Y no la quería dejar casar con su padre Raymundo, que su verdadero nombre es (Yolcaut) Serpiente cascabel y para su desgracia no es la persona digna que todo el mundo conoce, no es el hombre bueno, al que todo el pueblo lo tiene como el gran señor lleno de un gran corazón para con todos, eso es sólo un disfraz para aparentar el mal que lleva por dentro y que por las noches se vuelve cuál serpiente venenosa para aniquilar a todo aquel que se le interponga en su camino. El y el doctor Montes entre los dos han hecho mucho daño a la humanidad. El doctor necesita los cuerpos para sus múltiples experimentos que no son nada éticos; y tu padre quiere el espíritu de aquella persona para hacerse más fuerte, más poderoso, y aquellas almas que las tiene secuestradas le dan todo con la esperanza de que un día las deje en libertad, pero eso nunca pasará solo hasta que uno de sus propios descendientes se enfrente contra él y logren lanzar sus caracoles en su corazón, pero se debe hacer solo cuando este transformado. Sebastián aquí tienes tu amuleto, lo he guardado para ti todos estos años, esperando con ansias volver a dárselo a su dueño

(Sebastián) ¿¡No entiendo porque tengo yo que tener este amuleto, si a mí no me une ningún tipo de sangre con ellos!?

(Ameyal) ¿Ya no hagas muchas preguntas, en un momento las comprenderás y sabrás a lo que me refiero con este amuleto?

(Mateo) ¿Todo esto me parece una pesadilla? ¡Más aún me cuesta trabajo el pensar que todo este tiempo he convivido con un ser tan perverso como lo es mi propio padre!

(Alejandro) ¡No te pongas así Mateo, ahora es cuando más necesitas ser fuerte, para que los tres unamos fuerzas y así acabar con todo lo malo que hay bajo esta hacienda! Y lo principal de todo esto es encontrar en que parte de la casa se encuentran nuestras madres.

(Nana) ¡Pero!, ¿De qué hablan? Sus madres se encuentran ya descansando en santa paz hijos, a ellas no las deben meter en todo esto.

(Sebastián) ¡Nana!, Yo sé que el hecho de perder a mi madre fue un golpe muy duro para ti, y más aún en que a todos nos tomó por sorpresa el hecho de esa rara enfermedad de la que nos hizo creer el doctor Montes. Pero ahora estoy seguro que mi madre no está muerta y que al igual que la madre de Mateo se encuentran juntas; sólo hay una cosa que te quiero preguntar y quiero la verdad abuela. ¿Qué me une realmente a Don Raymundo y a Mateo? ¿Y ahora Ameyal me da este amuleto que ha guardado para mí todos estos años? ¡Quiero la verdad nana!

(Nana) ¡Hay mijo! Prometí no decir nada ante las cenizas de tu madre, pero en vista de que quizás ella no este muerta y que se encuentre en peligro te lo diré.

¡Todo sucedió antes de tu nacimiento hijo! Tu madre de más joven era muy bonita, muchos jóvenes la pretendían, pero ella decía que lo primero era formarse un futuro y tener algo para salir adelante. Nos dijo que se quería ir a la ciudad a estudiar y tu abuelo y yo consentimos que se fuera a Yucatán, todo iba perfectamente, nosotros de vez en cuando íbamos a visitarla, pero en una de esas visitas la notamos muy extraña, pensamos en que tal vez serían los estudios, pero no fue así. En una de esas noches sorprendí a tu madre llorando y me acerqué a ella no solo como madre, sino también como una amiga, y lo que me conto fue muy desgarrador; alguien había abusado de ella estando sola en casa, le pregunte que si quién había sido el canalla que había cometido ese acto tan salvaje, y me dijo que fue Don Raymundo y de esa amarga experiencia viniste tú mijo. Me hizo jurar tu madre que no le diría nada a tu abuelo ya que él se encontraba mal de su corazón y de alguna pena le podría dar un infarto. ¡Tu madre tenía ya de novio a tu padre y le comento lo sucedido y él accedió a tomarte como su hijo, y así lo hizo hasta el día de su muerte! ¡Tu madre nunca le dijo nada a nadie de lo sucedido y menos a Don Raymundo, ya que si lo llegaba a saber sería capaz de llevarte lejos de tu madre! Yo siempre he trabajado aquí en la hacienda y juré vengarme por la afrenta que le hizo a tu mamá, pero con el tiempo y el cariño de la Sra. María y sobre todo con el gran corazón de tu madre para perdonar a Don Raymundo, pues decía que sin querer le había dado la grande dicha de tenerte entre tus brazos, y juró olvidar y enterrar ese pasado, que ahora el presente y futuro eras solo tu Sebastián.

(Sebastián) ¡Y así lo fue nana!, Mi madre siempre fue lo máximo en mi vida, siempre fuimos tan unidos, ella sabía todos mis secretos, mis miedos, mis metas, todo ella era mi más fiel amiga. Por eso ahora que sé que posiblemente se encuentre con vida hare hasta lo imposible por volvernos a encontrar y no separarnos, más ahora nana que la familia ha crecido, sin querer tengo dos hermanos, mira nana, tengo dos hermanos.

(Nana) Sí Sebastián, tienes unos hermanos maravillosos, por eso quiero que se dejen tú y Mateo ya de rencores, ahora lo importante es que el amor los ha unido, y gracias al amor de sus madres, que desde donde se encuentres ellas han de estar haciendo oración por cada uno de ustedes. Espero que cuando ya todo esto pase le cuenten la verdad a Elena, ella se mortificaba mucho por la similitud de su actuar de ustedes, ahora que ya saben que son hermanos saben ese motivo.

(Alejandro) Mateo, Alejandro, ustedes tuvieron la dicha de tener muy cerca a unas madres maravillosas; yo sé que la tengo, pero ella aún no sabe que yo existo, aunque ella sin saberlo siempre estuvo muy cerca de mí. Yo sabía que ella era mi madre, pero ella no sabía que yo era su hijo por los motivos que ya les dijo Ameyal. Siempre supe cuál era mi destino, el de proteger a Mateo de cualquier peligro; ahora que saben toda la verdad es tiempo de unir fuerzas y luchar contra el enemigo. (Aunque ese enemigo sea nuestro propio padre)

(Ameyal) ¡Espero que con todo esto se te hayan quitado todos tus reproches para contigo mismo Mateo! Ya que siempre te culpaste por la muerte de tu madre; cuando en realidad fue tú mismo padre quien provocó todo esto, y se aprovechó aún más de tu borrachera de ese día para hacer pasar a tu madre por muerta. ¿Pero ahora me da mucho gusto verlos unidos y con ganas de unir sus fuerzas para encontrar a sus madres, ahora la interrogante es por dónde empezar?

(Nana) ¡Se me vino de pronto algo a la memoria y recordé qué hace días Lorena e Isabela me comentaron algo de que si en la hacienda había algún túnel o algún pasadizo, a lo cual lo les respondí que no, pero para mí que ellas descubrieron algo, eso sucedió el día que se celebró el aniversario de la Sra. María!

(Mateo) ¡Pues que esperamos!, ¡Vamos! Necesitamos hablar cuanto antes con ellas y empezar la búsqueda.

(Ameyal) ¡Debemos darnos cuenta donde esta ese pasadizo lo más rápido posible! Presiento que su padre ya se ha dado cuenta de nuestra presencia en este lugar.

(Mateo) ¿Cómo lo sabes?

(Ameyal) ¡Recuerda que soy Ameyal mí estimado Xólotl! Y tu padre ahora más que nada ha puesto su veneno a lo largo de toda su piel y eso lo hace aún más fuerte y su piedad no tiene límite.

(Alejandro) Sera mejor decirles a Jacinto y a Manuel que vayan por las muchachas, ellos son de mi absoluta confianza, llevan trabajando años y no creo que nuestro padre les diga algo si los ve salir de la hacienda, les diré que digan que van por algún medicamento a la Ciudad.

(Ameyal) ¿¡Antes que nada quiero avisarles que al tipo de mal al que se van a enfrentar es muy poco común!? ¡Es muy fuerte su poder! ¿¡También que los tres estén conscientes que esa persona a la cual se enfrentaran es su padre!? Sé que tal vez en algún momento titubearan para aniquilarlo, pero solo lo podrán vencer por el gran amor que les tienen a sus madres. Yo desde ahora les doy mi bendición y pido a nuestros dioses que nos iluminen.

(Mateo) ¡Ahora debemos de cuidarnos los unos a los otros y no separarnos mucho, estar atentos a cualquier movimiento que hagamos!

(Don Raymundo detecta la presencia de Ameyal y va en busca de él. Alcanza a escuchar murmullos de personas en la recamara de

Alejandro, pero existe una fuerza mayor que le impide acercarse a ellos)

(Don Raymundo) ¡Ja, Ja, ja! Creen que me tienen acorralado, pero eso no es verdad, ahora soy más poderoso y voy a destruir a quien se me atraviese en mi camino. Debo vigilar cada movimiento de hagan. ¡Jamás me dejare vencer, mis fuerzas son superiores! ¿Y ahora que ya se quitaron las caretas será mucho más fácil destruirlos?

(En algún lugar de la hacienda)

(María) ¿Antonieta tengo mucho miedo? ¡Siento que ya no puedo más con todo esto que nos ha pasado, ya he perdido la noción del tiempo que llevamos atrapadas en este horrible lugar! ¡Solo me mantiene viva el deseo de volver a mi hijo Mateo! ¿Bueno? También ha Alejandro, al que quiero como si fuera mi hijo.

(María) ¿Yo también estoy muy nerviosa Antonieta? ¡Pero! ¡Ahora más que nunca siento ese dolor de angustia en mi pecho, que no sé cómo explicar! ¿Sera acaso que nuestras vidas ya han llegado a su final?

(Antonieta) ¿Creo que desde hace mucho estamos muertas para el mundo y nosotras somos las únicas que no lo notamos? ¿¡Especialmente yo María!? ¡Todo paso tan rápido esa noche!

¿Que aun siento escalofrío por todo mi cuerpo? ¡Dios! ¿Cuánto tiempo estuve junta con ese animal y yo sin quererme dar cuenta de lo que sucedía a mi alrededor? Mi padre me advirtió no una, sino muchas veces, que ese hombre no me convenía. ¿Que no era bueno? ¡Pero yo más me encaprichaba con él! ¿Y yo con tal de llevarle la contraria a mi padre? uní mi vida a la de él sin saber el infierno que me preparaba a su lado. Los primeros años que vivimos juntos eran muy normales, común de toda pareja; altas y bajas, pero al fin y al cabo felices. ¡Pero! Después ya de algunos años sus ausencias se hacían más a menudo. Yo le reprochaba sus salidas de casa a altas horas de la madrugada, imaginando que tendría un amante. Afortunadamente Mateo y la servidumbre de la casa nunca se dieron cuenta de eso. ¡Sin embargo yo todo eso lo sufría en silencio por amor a Mateo y Alejandro, ya que eran mí adoración! ¿Un día en que Raymundo se bajó de la cama? ¡Yo lo seguí sigilosamente! Entro en un pasadizo muy estrecho de la casa, estaba muy bien escondido en una de las habitaciones. ¡Y lo que descubrí fue lo peor que he visto en mi vida! Era nada más y nada menos que él Dr. Alberto Montes dándole santo y seña de algunas personas para que mi esposo dispusiera de sus almas y por consiguiente el Dr. Disponía de sus cuerpos para comercializar sus órganos. Por mucho tiempo lo llegue a seguir para ver todo lo que tramaban hacer. ¡En una de ellas! Mire ¡¿Cómo se transformaba de ser humano en una terrible serpiente!? Gritaba para mis adentros pensando en que esto no era cierto, que era producto de mi imaginación y volvía a mi habitación totalmente trastornada. Desde ese momento no quería ni que me tocara ¡Dios! Me sentí enloquecer, sin saber qué hacer ni que decir, todo me daba vueltas por lo que escuchaba. Ahí fui donde oí lo que tramaban hacer contigo, el hacerte pasar por muerta y traerte a la hacienda, escuche lo que te hizo ese canalla y decía estar locamente enamorado de ti al igual que de mí. Estaba aterrada por todo aquello que estaba viendo y escuchando y sin pensar caí desmayada. ¿Cuándo desperté me encontraba en mi habitación? y la nana Cuca dándome un té para controlarme, me sobresalte de mi cama y aun me daba vueltas todo. ¿Le pregunte a la nana que si quién me había traído a mi recamara y ella me contesto que mi esposo? En ese instante comprendí que él me había descubierto, pero por algún motivo no había acabado con mi vida. Pasaron las horas y él sin aparecer, yo estaba temblando de miedo al ver su reacción y que me ocurriría de ahí en adelante. ¡Pedí a la nana Cuca pasara todas mis cosas al cuarto de visitas, argumentado que últimamente no me sentía bien de los nervios y quería estar sola! ¿Pero en ese momento apareció él? Le dijo a la nana que se retirara, que tenía que platicar conmigo a solas.

(Don Raymundo) ¿Con que ya me descubriste no es así? ¿Pues ahora vas a aprender a vivir con lo que realmente soy? ¿¡Soy el Yolcaut!? El ultimo descendiente mitad humano mitad serpiente; el último que tiene la capacidad para aniquilar a todos los mortales. ¡Pero! Como tengo mi parte humana me enamore de ti y al igual que de mi amada Antonieta así que... ¡Decidí tenerlas a las dos a mi lado! Yo sé que no esperabas lo que has descubierto, tal vez en algún momento quise revelarte lo que soy. ¡Pero sé que jamás aceptarías así que decidí callar para no hacerte daño, pero ahora que lo has descubierto todos los planes han cambiado! Tendré que llevarte al lado de mi amada Antonieta y aprenderán a convivir como lo que serán de hoy en adelante. ¡Mis dos grandes amores! De los muchachos no te preocupes, a Mateo le tengo preparado su destino ¡Seguir con la descendencia Yolcaut! ¿Desafortunadamente no hubo más descendientes? Sino, nuestro poder sería infinito, pero para eso debo prepararlo muy bien, que él llegue a ser más astuto que ustedes los humanos.

(María) Desde entonces mi vida se ha convertido en un infierno. Muchas veces quise persuadir a Raymundo que dejara todo eso y que nos dejara ir de la hacienda, pero él me tenía vigilada, no podía poner mucha distancia lejos de la hacienda. Mi único motivo era mi hijo Mateo, siempre andaba de buen humor, y yo estando a su lado todo se me olvidaba; no daba motivo alguno para que él sospechara lo que yo estaba viviendo. En una de esas noches Mateo y Alejandro salieron a divertirse un poco, después de una larga semana de trabajo. Yo me encerré en mi habitación y Raymundo supongo se vino a reunir con el Dr. Montes. Cerré muy bien la puerta para que él no pudiera entrar y se fuera a una de las otras habitaciones. Pero escuche sus ruidos cuando iba llegando ¿Cuándo de repente? La puerta se abrió de par en par, yo aterrada no supe que hacer. El llego como una fiera buscando satisfacer su instinto animal, pero me negué rotundamente y forcejeamos un poco. ¡Fue entonces que le di un fuerte golpe y salí huyendo de la hacienda! La lluvia estaba muy fuerte y afectaba la visibilidad para manejar, pero eso no importaba, yo quería salir cuanto antes de ese lugar. Mire que él me seguía muy de cerca y yo por más que trataba de manejaba lo más rápido posible la lluvia no me lo permitía. Desgraciadamente una fuerte luz se avecinaba hacia mí y perdí el control del volante y cuando desperté ya estaba aquí a tu lado. Tú me estabas cuidando con mucho cariño, cosa que te estoy eternamente agradecida. Y el resto tú ya lo sabes. ¡Afortunadamente tú tuviste un buen esposo que te saco adelante y lo viste partir de este mundo teniendo la satisfacción de haberte dado un maravilloso hijo!

(Antonieta) Sí, afortunadamente tuve la dicha de tener un maravilloso esposo, pero desgraciadamente falleció en ese horrible accidente de auto. Sebastián y yo sentimos mucho su partida, él lo amaba mucho aun sin saber que no llevaba la misma sangre por sus venas, nunca le conté la verdad a Sebastián para que no sufrieran ninguno de los dos. Mi esposo se fue al cielo amando a Sebastián como si fuera su propio hijo, cosa que siempre le estaré enteramente agradecida.

(María) ¿Entonces quién es el padre de tu hijo? ¿Y por qué lo ocultaste de esa manera?

(Antonieta) ¡Lo oculte para protegerlo de su verdadero padre! ¿Ya que si él se llegase a enterar le diría toda la verdad y destruirían mi hogar que con tanto amor había luchado para permanecer unidos?

(María) ¿Acaso es un señor muy poderoso? ¿Por qué no dio la cara al verte en ese estado?

(Antonieta) ¿Primeramente era un hombre casado, en segundo no me entregue a él por amor?

(María) ¿Entonces cuál fue el motivo?

(Antonieta) ¿El verdadero motivo por el cual calle durante tanto tiempo es que mi hijo fue concebido bajo una violación? ¿¡Sí María, hace un momento de dijiste lo que tu esposo me había hecho, que me había mancillado!? ¿El verdadero padre de mi hijo es Raymundo tu propio esposo? ¿Ahora entiendes por qué me da tanta rabia cada vez que lo veo y quiere tomarnos a la fuerza? Tú esposo quiso pretendernos a las dos al mismo tiempo, pero yo no sentía nada por él, así que opte por dejar el pueblo e irme a la ciudad, pero desgraciadamente su maldad llego hasta mi puerta. Viví muchos años felices con mi esposo, pero después de su partida fue que me sentí un poco mal y fui al hospital; pero para mí desgracia me recomendaron nada más y nada menos que al Dr. Alberto Montes. Al principio sus medicamentos me estaban cayendo bien, pero poco después enferme de gravedad y tuvieron que internarme de emergencia. El Dr. Montes ordeno que no recibiera ninguna visita. Posteriormente una noche el Dr. Entro a mi cuarto y me puso una fuerte inyección en el suero que no volví a saber de mí. Fue cuando me di cuenta que estaba en este horrible lugar y al poco tiempo llegaste tú.

(María) ¡Veo que a las dos nos une la misma tragedia! ¿¡Las dos estamos marcadas por el mismo hombre y quizá condenadas a vivir por siempre en esta terrible cueva de víboras!? ¿¡Sí tan solo nuestros hijos escucharan nuestros ruegos!?

(Antonieta) ¡Por las noches cuando me quedo dormida siento que mi espíritu me transporta por los alrededores de la hacienda y siento escuchar la presencia de mi hijo que me llama! ¿Yo le contesto pero pronto me desvanezco de su presencia? ¿En esos sueños también aparece otro muchacho, que al parecer por las características que me has dado parece ser tu hijo Mateo?

(María) ¿Qué raro Antonieta?

(Antonieta) ¡Si tal vez pienses que me estoy volviendo loca!

(María) ¿No, no es por eso Antonieta? ¡Sino que yo también en algún momento he sentido que me transporto por estos lugares y por un instante ciento encontrar la salida! Quizás sea la emoción pero presiento en que muy pronto nuestros hijos nos encontraran y terminara ya toda esta tragedia.

¡Entre tanto las cosas en la hacienda!

(Alejandro) ¡Mateo! ¡Sebastián! Las muchachas ya están en la hacienda, ¿Solo que hay un pequeño inconveniente? ¿Las muchachas no vienen solas, las acompaña la Sra. Ruth y Elena? ¡Dicen los muchachos que intentaron disuadirlas para que no vinieran pero dicen que son muy tercas, y pues ahí están en las caballerizas!

(Sebastián) Sera mejor darnos prisa para no levantar mucha sospecha.

(Mateo) ¿¡Pero qué aremos con tanta gente dentro de la hacienda, ya somos muchos y si mi padre ya se enteró no quiero pensar que pueda llegar a ocurrir!?

(Ameyal) Tranquilos muchachos. ¡Todo va a estar bien!

En las caballerizas de la hacienda

(Ruth) ¡Hay muchachas ciento unos fuertes escalofríos por todo mi cuerpecito! Esta noche siento que algo malo va a ocurrir, ¿creo no fue una buena idea haber venido, pero si me hubiera quedado me hubiera comido hasta las unas de mis pies de los puros nervios?

(Elena) ¿Mamá ya deja de ponernos nerviosas también a nosotras? ¿Además aún no sabemos porque mandaron llamar a Lorena e Isabela?

(Ruth) ¿Pues mientras no sea para aquellito todo está muy bien?

(Elena) ¡Ruth! ¿Deja de pensar en esas? ¡Pero tú ni en estos casos dejas de tener tu buen humor! Por eso te quiero mamita linda. ¡Mira, ya vienen!

(Mateo) ¡Hola! Buenas noches a todas. ¿Sé que les extrañara el motivo de esta llamada tan inesperada y sobre todo a estas horas de la noche?

(Sebastián) ¿Pero creo que si nos ponemos a explicarles los detalles perderíamos mucho tiempo en encontrar a nuestras madres?

(Alejandro) El motivo es que nos dimos cuenta que Isabela y Lorena descubrieron un pasadizo dentro de la casa y queremos saber dónde es. ¡Al parecer nuestro padre tiene ahí a nuestras madres y queremos rescatarlas!

¡Isabela! ¿Quizás en esta situación tú puedas salir afectada, ya que la persona que

está involucrada con mi padre Raymundo es tu padre? ¡Sí! ¡Sé que te cuesta trabajo asimilar esto, pero es la verdad! ¿Tu padre tiene muchas cosas sucias, nada éticas para su profesión, y desgraciadamente está muy involucrado?
(Isabela) ¡Dios santo! ¿Cómo va hacer posible que mi padre, a quien yo admiro tanto este metido en esto?

Isabela casi se desmaya con tan terrible noticia. Mateo les cuenta brevemente cómo está la situación y las precauciones que deben tener para con Don Raymundo. Ameyal les da unos amuletos a ellas para que se protejan y se sientan más tranquilas. Isabela les dice donde vieron la entrada para el pasadizo.

(Sebastián) Creo ya hemos perdido mucho tiempo en esto. ¡Vamos rápido! ¡Dios! ¿Espero y mi madre y la madre de Mateo y Alejandro se encuentren aún con vida?
(Mateo) ¿No veo a mi padre por toda la casa? ¿Para mí que ya sabe todo y nos está preparando una gran sorpresa?

Alejandro, Mateo y Sebastián toman la delantera y se introducen en el laberinto de la hacienda, todo se encuentra muy obscuro, pero Ameyal enciende unas antorchas que lleva preparadas para que el mal no les pueda hacer ningún daño. Caminan entre el agua y el lodo, sienten que por sus pies se deslizan pequeñas serpientes, pero no logran hacerles daño gracias a los amuletos que les ha dado Ameyal. Las mujeres gritan de pánico al ver como se deslizan de entre las paredes y los troncos viejos grandes animales con feroces colmillos queriendo atraparlas. ¿De pronto salen del agua y una enorme serpiente queriendo devorarlos a todos? Ameyal se interpone entre ellos y empieza una lucha entre el bien y el mal, mientras todos logran salir del agua y ponerse a salvo. (Ameyal, que significa manantial), logra evadir a (Yolcaut, serpiente cascabel). Una enorme fuerza interior sale de ameyal el cual hace que Yolcaut salga huyendo de aquel lugar para internarse entre los laberintos de la hacienda. El queda muy débil por el enorme esfuerzo que ha hecho y pide que lo sigan, para dar con el paradero de sus madres.

(Mateo) ¡Dios santo! ¿Acaso ese era mi padre? ¿Nunca pensé que su maldad llegara a tanto?

(Ameyal) ¡Pero no te preocupes hijo, a ti no te podrá hacer nada, más bien les intentara hacer algo a tus hermanos, ya que aún él no sabe que son sus hijos, pues si lo supiera no les aria ningún daño! ¡Vayan detrás de él, yo en un momento los alcanzo!

(Isabela) ¡Ameyal! ¿Cree que mi padre también se encuentre en este lugar?

(Ameyal) ¡Casi estoy seguro que sí! ¿Deben cuidarse también de él, aunque estoy casi seguro que Yolcaut lo tiene dominado con su maldad?

(Isabela) ¿Yo lo sé? Pero aun así no lo justifica que por sus deseos de poder haga daño a tanta gente inocente.

(Ameyal) Desgraciadamente el poder y el dinero son muy traicioneros Isabela, ya que por ello se llegan a perder nuestros propios principios y valores como ser humanos. Y al final solo somos un cuerpo lleno por fuera pero totalmente vació por dentro; ahora eso le pasa a tu padre, que ya no ve más haya, y solo piensa en el poder, no importa a qué precio lo llegue a conseguir. Afortunadamente tú no has salido así, y has encontrado a Alejandro, él es un buen hombre y te sabrá hacer una mujer inmensamente feliz. ¡Ya vayan no pierdan mucho tiempo, sus madres pueden estar en grande peligro!

(Mateo) ¿¡Ahora que ya nos encontramos en este punto empiezo a recordar algunos de estos laberintos por donde anduve; fue el día que me desmaye en el cual mi abuelo Ameyal entro en mis sueños para buscar a mi madre!? ¿Quizás más delante pueda reconocer otros laberintos y así poder llegar pronto con ellas?

(Ameyal) ¿¡Qué bueno que lo recuerdas Mateo, eso ayudara a encontrarlas más rápido!? ¡No pierdan tiempo sigan adelante!

(Alejandro, Sebastián y Mateo corren detrás de Yolcaut. Las mujeres se quedan a auxiliar a Ameyal)

(Don Raymundo) Sus hijos han encontrado el camino para llegar hasta ustedes, pero no creo lleguen hasta este punto del laberinto, no dejé ninguna huella para que puedan llegar. (DR. Montes) ¿Ha donde iremos nosotros ahora? (Don Raymundo) Después que los aniquile a todos, nos marcharemos muy lejos, donde nadie nos conozca y podamos vivir libremente, al lado de los seres que más amo. ¡Mis dos bellas esposas!

(María) ¿Tú estás completamente trastornado Raymundo, por favor reacciona, es tu sangre a la que quieres hacer daño?

(Don Raymundo) ¿Mi sangre? ¿¡Nosotros, los de nuestra sangre nunca nos traicionamos, pero desgraciadamente mi hijo heredo completamente tu sangre, eso lo hace más débil, y prefiero que muera a que alguien de mi estirpe me llegue a dar la espalda!?

(Antonieta) ¡Raymundo! ¿Ya nos tienes a nosotras, deja a nuestros hijos en paz? ¡Por piedad no les hagas ningún daño!

(María) Antonieta tiene razón Raymundo, nosotras te seguimos a donde tú quieras ¡Pero déjalos a ellos tranquilos!

(Don Raymundo) ¡Jamás! No permitiré que uno de mis descendientes me traicione para que se ponga de su parte. ¿¡Antes prefiero verle muerto que estar bajo la sombra de ustedes los humanos, que son tan débiles y se dejan pisotear por cualquiera!? Yo quiero que mi linaje sea superior, que se multiplique, y quizás una de ustedes o las dos aún me puedan dar uno de mi especie. ¿Pero esta vez lo are a mi manera? Y para eso tengo al Dr. Montes, de algo le deben haber servido todos esos experimentos que ha hecho con tanto infeliz que cae en sus manos.

(María) ¡Eres un animal, un salvaje Raymundo!

(Don Raymundo) Es verdad, ¿Soy un animal? ¡Pero eso a ti no te importo cuando te cortejaba y te hacia mía! ¿¡En cambio mi querida Antonieta fue tan consentidora y complaciente conmigo, solo le basto un ligero golpecito en su carita y callera desmayada, lo demás fue pan comido!?

Antonieta y María quieren agarrarlo a golpes y forcejean un poco, ¡pero de pronto, el enfurece y se convierte en una enorme serpiente! ¡Las dos dan un grito tan fuerte que los muchachos las llegan a escuchar!

(Mateo) ¿Hasta este punto llegue en la visión que tuve? ¿Ahora ya no se para dónde ir todos los túneles son tan idénticos, que en cualquiera de ellos nos podríamos perder?

(Sebastián) ¿Escucharon esos gritos?

(Alejandro) ¡Sí, son de nuestras madres, y viene de ese laberinto!

(Mateo) ¡Corramos antes que les haga más daño!

¡Papá, no intestes hacerles ningún daño a ellas, porque antes te las tendrás que ver primero conmigo!

Yolcaut convertido en serpiente lanza grande sonidos enfurecidos, queriendo arrasar con la vida de ellos, pero ellos son más veloces que él, y logran esquivar todos sus ataques. Yolcaut se da grandes azotes contra los muros según su naturaleza, indicando que su furia es aún más fuertes y están dispuestos hasta perder la vida con tal de atrapar a su presa. El Dr. Montes al verse descubierto intenta huir de aquel horrible lugar pero Alejandro se lo impide a golpes; mientras Sebastián desencadena a su madre Antonieta y a María. Todos están atónitos ante los bufidos de rabia que avienta aquel monstruo de hombre.

Alejandro le da un terrible golpe al Dr. Montes que lo deja inconsciente. Ahora los tres deben luchar contra su propio padre, pero no saben de qué manera aniquilarlo, intentan defenderse con lo que encuentran a la mano pero la fuerza de ellos es inferior para con él. Intentan darle con lo que encuentren a la mano pero todo es imposible, tal parece que están completamente perdidos. ¿Cuándo de pronto? ¡Alguien detrás de aquella serpiente se para con pie firme y la toca! ¡Esto hace que de inmediato su aspecto cambie a hombre!

¿Es Ameyal dicen los muchachos?

(Ameyal) ¡Yolcaut! ¿No voy a permitir que termines con la vida de tus hijos? ¿Así es Raymundo? ¡Estos muchachos que tienes frente a ti son tus hijos! ¡Los tres llevan tu misma sangre! ¿¡Mis antepasados decidieron dejarte solo uno, para que con la bondad del muchacho tú cambiaras y dejaras ese lado de oscuridad que por tantas generaciones se ha ido trasmitiendo!? ¡Ahora ya sabemos que esa generación ha llegado a su fin, vemos que el corazón de tus hijos no es como el tuyo, sino como el de sus madres! ¡Ha quien tú has tenido cautivas por mucho tiempo, y solo la bondad y el amor que ellos se tienen las ha mantenido de pie! ¡Sí! ¿Supongo que te estas preguntando cómo es que no te diste cuenta que tenías otros dos hijos? ¡Aún más! ¿Teniendo a Alejandro junto a ti todos estos años? ¿La respuesta es sencilla Yolcaut? Mis antepasados los han protegido de tu maldad y ellos se encargaron de que tú jamás llegaras a descubrir la verdad hasta el día de hoy. Fue por eso que ah Alejandro se le encomendó la tarea de proteger a Xólotl (Mateo); por eso no se le permitió saber a su madre que habían traído al mundo a dos hijos, porque uno ya estaba predestinado desde el vientre materno para esta misión, terminar con esta maldad que te sigue por generaciones.

¡Antonieta solo fue una más de tus víctimas pero la profanaste, y de esa profanación nació Sebastián, jamás se te consistió saber que era tu hijo, a pesar que tienes una grande capacidad para adivinar las cosas! ¿Pero afortunadamente las cosas buenas no tanto? ¿Pero ahora aquí tienes el resultado de ellas? ¡Pero eso se lo debes a esas dos madres a quien tú has tenido cautivas y las has humillado y ultrajado por tanto tiempo! (Yolcaut) ¡Ja, Ja, Ja! ¡Tus palabras son muy conmovedoras Ameyal, pero desgraciadamente ya es muy tarde para remediar todo esto, pero yo como el gran Yolcaut soy más poderoso los debo aniquilar! Aún soy fuerte y puedo procrear más hijos y quizás no me lleguen a traicionar como estos y sigan con mi descendencia.

(Mateo) ¿Papá, déjate ayudar por el abuelo, él quizás con su experiencia logre que esa maldad que nos persigue?

(Yolcaut) ¿Ahora le llamas abuelo?

(Mateo) ¡Sí, y me da mucho gusto tenerlo como abuelo, ya que este corto tiempo he aprendido a quererlo, al igual que a mis hermanos!

(Yolcaut) Déjate de tonterías Mateo, el amor es traicionero, no sirve para nada, te hace perder la cabeza. Aquí lo único que importa es uno mismo, a los demás solo hay que utilizarlos y desecharlos como cualquier juguete viejo. ¿Si tú reaccionar en este momento te prometo hacerte muy poderoso y multiplicar nuestra descendencia? ¡Vamos llévate a Elena, ella es la mujer perfecta para ti, nos vamos donde nadie nos conozca y comenzaremos una nueva vida, te compartiré toda mi experiencia, seremos poderosos!

(Sebastián) ¡Se equivoca con Mateo Don Raymundo, afortunadamente no salió como usted, él ahora es fuerte, más de lo que usted se imagina y nosotros lo apoyamos, y no dejaremos que usted le haga daño a ninguno de los nuestros! (Yolcaut) ¿Tú eres de más carácter Hijo? (Sebastián) ¡No me llame hijo, a los hijos se les ama, se les cuida, jamás se les engaña como usted lo ha hecho con todos nosotros! (Yolcaut) ¿Es verdad, no me equivoque al contratarte en mi hacienda, de los tres tú eres el que más se parece a mí? Tú sabes imponerte y no tienes miedo a nada, sabes luchar por lo que quieres, tú puedes ser un buen descendiente, digno de un Yolcaut.

¡Alejandro! ¿Tú también te puedes parecer un poco a mí, tienes liderazgo, sabes manejar gente y no se te será difícil convencer a más gente para para que nos apoye. La gente de ahora es muy ambiciosa y con unos cuantos pesos se pueden vender, así nuestro imperio ira creciendo día a día hasta lograr estar en la cima para gobernarlos a todos ellos? (Alejandro) ¡Creo que conmigo al igual que con mis hermanos se equivocó Don Raymundo! ¿De los tres, yo siempre he sabido contra quien estoy luchando, sé hasta dónde puede llegar su maldad, así que no cuente conmigo para sus mezquinos planes? (Yolcaut) ¡Viéndolo bien cada uno de ustedes tiene algo que se identifican conmigo, solo que ustedes ahora no se han detenido a indagarse por completo! ¡Hora que estamos todos juntos podemos ser una gran familia moderna! ¿Yo me quedo con sus madres y hacen que no ven nada y hasta las pueden llamar mamitas? ¿Qué les parece?

(Ruth) ¡Virgen del Carmen! Esto qué está pasando no me parece nada romántico, al contrario, todo me parece de terror. ¿Si salimos vivas de esta prometo portarme mejor, pero ya me dio hambre?

(Elena)¿¡Hay Ruth vez como está la situación y tú con tus cosas!? ¡Quizás no salgamos de esta y tu muriéndote de hambre!

(Ruth) ¡Pues dicen que las penas con pan son buenas, pero como aquí no hay panadería pues traje unas galletitas que tome a prisa antes de salir de la casa!

(Lorena) Bueno, ya que trajo galletas pues reparta, para que si somos devoradas al menos morimos con la panza bien llena, y de paso les vamos a dar buen sabor a las víboras que hay aquí.

(Ruth) ¿Muchas algo se está moviendo por haya? ¿Es una víbora?

(Isabela) ¿Cuál víbora Sra. Ruth es mi padre?

(Ruth)¿Pues es lo mismo, mira cómo se mueve parece serpiente?

(Isabela) ¡Muchachas ayúdenme a levantar a mí padre, vamos a ver que tiene!

(Dr. Montes) ¿Isabela hija que haces tú aquí en este lugar?

(Isabela) ¿Lo mismo te pregunto yo de ti papá? ¿Por qué has llegado hasta este punto de tu vida, solo por tener más riqueza, acaso no te basta con lo que ya tenemos, realmente te desconozco? ¡Cuando Alejandro me contó lo sucedido no podía creer que se trataba de ti, pensé por un momento que se había equivocado, que se trataba de otra persona, pero poco a poco fui atando cabos; Tus salidas de la casa a altas horas de la madrugada, tu ropa toda sucia cuando llegabas, ese olor tan asqueroso en tu ropa! ¡Pero siempre caí en tus mentiras! ¿Me decías que eran emergencias del trabajo, que había pasado un accidente, que te llamaban para hacer alguna autopsia? ¡Hay papá que bajo has caído, espero y tu puedas regenerarte! Pero yo no estaré ya más a su lado para ver eso. Quiera Dios y le perdone todo el mal que ha hecho.

(Dr. Montes) ¿Perdóname hija, no mire las consecuencias de mis actos, yo solo pensaba en darte una vida de lujos y comodidades? Yo de niño fui muy pobre y humillado por mis compañeros, así que juré ser alguien en la vida, y vengarme de todos aquellos que un día se burlaron de mi por ser pobre, así que luche mucho para salir adelante, y una vez que lo conseguí ellos fueron mis primeras víctimas, ya después conocí a Don Raymundo que ya conocía mi avaricia por el dinero, así que me deje llevar por las inmensas sumas de dinero que ponía en mis manos. De una forma y de otra ya estaba muy involucrado con él, algunas veces quise escapar a sus redes pero ya no se podía, los dos estábamos en el mismo barco, si él caía, caía yo también. ¡Perdóname hija!

(Isabela) ¡Ahora ya es muy tarde para eso padre, no seré yo quien te perdone, sino Dios!

(Ruth) ¡Hay hijas ya mejor ni lo levanten, que no ven que ya lo beso el chamuco!

(Lorena) ¿Mamá es un ser humano, y nosotras no somos quien para condenarlo?

(Ruth) ¡Elena, Lorena! Dejemos a Isabela con su padre un momento, creo ellos necesitan estar unos minutos a solas. Vayamos con Antonieta y María.

(Elena) ¿Hasta qué dices algo sensato Ruth?

(Ruth) ¡Hay hija si yo soy la que me estoy muriendo de miedo por todo esto que estoy viviendo, solo que me hago la fuerte por todas ustedes!

(Antonieta) ¡Ruth amiga mía que gusto de verte aunque sea en estas circunstancias!

(Ruth) ¡Sra. María que inmensa alegría volver a estrechar sus manos!

(María) ¿No me digas Sra. María, acaso no hemos sido amigas por muchos años, y ahora al reencontrarnos en estas circunstancias?

¡Dios santo en medio de tanto dolor una parte de mi esta que no cabe en mi emoción! ¡Amigas tengo dos hijos maravillosos, siempre lo tuve tan cercas! ¿Ahora sé por qué nunca hice distinción entre ninguno de ellos, mi corazón me decía que debía cuidarlo y amarlo como lo que era en realidad, mi propio hijo? ¡Pido a la Virgen que nos saque con bien de todo esto para poder disfrutar de mis dos grandes amores! De olvidar esta pesadilla de dolor y amargura que hemos pasado todo este tiempo, que para nosotras es como si hubieran transcurrido siglos enteros. ¡Pero ahora ya nada de eso importa, solo quiero abrazarlos y besarlos, Dios santo mis hijos!

(Antonieta) ¡Yo también quiero recuperar todo este tiempo que hemos estado aquí! También quiero abrazar a mi Sebastián y contarle tantas cosas, de disfrutarnos como madre e hijo y quizás en un futuro no lejano me convierta en abuela.

(Ruth) ¡Muy pronto ya lo veras amiga! ¡Dios les tiene que tener muchas sorpresas preparadas por tanto sufrimiento por el cual ya han pasado!

(Ameyal) El odio que trae su padre se refleja por dentro y por fuera muchachos, no deben hacer caso a sus palabras porque quizás los pueda convencer que se unan a su maldad. No abran sus corazones a la maldad.

(Yolcaut) Siempre has sido muy astuto Ameyal, pero conmigo te fallan todas esas cursilerías. ¡Nunca podrás contra mí! ¿Más bien nunca has podido contra mí, y la muestra está que te robe a tu hija, se fue de tu lado, la hice mía?

(Ameyal) Sí, ¡Pero fue por tus engaños, por tu maldad, te vales de tu poder para obtener lo que quieres! Pero hay algo que nunca has podido tener. ¡Creó que jamás lo podrás alcanzar Yolcaut, el amor! Eso nadie te lo dará, porque el amor que tú traes humilla, duele y mata. ¡Por eso te quedaras solo por siempre, te arrastraras por el resto de tu vida y nunca, óyelo bien, nunca levantaras la cabeza, te aplastaran como lo que eres en realidad, una serpiente!

(Yolcaut) ¿Eso jamás lo verán tus ojos Ameyal? ¡Ni ustedes mis amados hijos, porque antes los voy a aniquilar, los voy a hacer pedazos, yo aré una estirpe nueva que jamás ustedes la verán!

De pronto yolcaut empieza de nuevo a transformarse en la serpiente y todos retroceden ante tal bestia.

El Dr. Montes que poco a poco logra recuperarse y ve tal situación que corre para ponerse a salvo, pero Yolcaut logra verlo, y de un solo bocado lo devora por completo., todos piensan que esto será el fin para ellos también. Isabela quita al ver como su padre es devorado por aquella bestia pero sus amigas la sostienen para que no desmaye, ya que ellas también pueden ser alcanzadas, así que se ocultan para no ser vistas. Ameyal les dice a los muchachos que solo el amor podrá vencer aquella maldad, pero ellos están aterrados que no pueden reaccionar en esos instantes, pero el con sus palabras los hace reanimarse. Les dice que tomen los amuletos que les ha dado y cuando el este apunto de devorarlos los tres deben lanzar sus amuletos en su boca para que el amor llegue hasta sus entrañas y de ese modo se quede para siempre como una serpiente común, pero no solo eso, sino que no tendrá la capacidad de defenderse y mucho menos arrojar veneno como lo hacen todos los animales de su especie. ¡Así lo hicieron y cuando ya estaba sobre ellos, tomaron sus amuletos que llevaban sobre sus pechos y los arrojaron sobre Yolcaut que ya estaba convertido en serpiente!

Las mujeres gritaban llenas de pavor al ver que aquel animal acabaría con sus seres amados, pero una inmensa niebla las cubrió y no las dejaba ver. María y Antonieta cayeron desmayadas al ver tal atrocidad, y pensar que ese sería el final para sus hijos. Ya cuando todo volvió a la calma y ellos vieron que estaban bien se dieron un gran abrazo. Ameyal no pudo contener sus lágrimas y los tres jóvenes se dejaron ir contra el abuelo que tanto bien les había hecho.

Terminado ese efusivo abrazo corrieron a ver a sus madres que aún estaban postradas en tierra por su desmayo. Al verlos se llenaron de alegría y fue un llorar de felicidad para todos. María abraza a sus dos hijos, especialmente a Alejandro de quien recientemente se había enterado que en realidad era su hijo, solo se dijeron que tenían muchas de que hablar pero que ya habría tiempo para todo. Todos salieron de aquel lugar muy felices, excepto Isabela pues era la única que había perdido a su padre. Alejandro le hecho el brazo *y le dijo que todo estaría bien, que él jamás la abandonaría.*

Ya dentro de la hacienda se percataron primero en darle la noticia a la nana Cuca, pero primero la prepararon para que la llegada de su hija Antonieta y la Sra. María no la tomaran por sorpresa.

(Cuna) ¡Virgen de Carmen! ¡Hija mía, Sra. Antonieta! Dios ha querido que esta vieja las vuelva a ver con vida, ya los muchachos me han contado todo, pero ahora no es momento para eso, vamos para que se arreglen un poco y bajen al comedor, ahora mismo voy para que todo esté listo, hoy tendremos una gran fiesta en Santa María.

(Mateo) Ahora que baje mi madre te presentare ante ella, ya que por todo lo sucedido no me paso por la mente.

(Elena) ¿¡No te preocupes amor, todos estábamos tan abrumados que quién pensaba en eso!?

(Mateo) ¡Ahora que todo pasó pienso hacer muchos planes para nosotros, tener tiempo para mi madre, para mi hermano Sebastián, para mi pájaro nalgón, bueno así le digo a Alejandro, ya nos conocerás más, somos inseparables!

(Alejandro) ¡Isabela! ¡Sé que de entre todos nosotros tú has perdido a tu padre, pero quiero que sepas que no te dejaré, quiero estar contigo toda la vida, tú eres la mujer que yo eh esperado, y ahora que la tengo no la dejare ir de mi lado!

(Isabela) Muchas Gracias Alejandro por tus palabras, es verdad que todo esto me ha dolido bastante, pero con tu amor sé que saldré adelante muy pronto, quiero que sepas que soy la mujer más afortunada de este mundo al tener una persona como tú a mi lado.

(Sebastián) Yo no soy tan bueno para decir cosas tan lindas Lorena, pero sé que me atraes mucho, que siento algo dentro de mí que me revolotea, y no son mis tripas ¡Je, ¡Je, je! Pero quiero intentar algo serio contigo.

(Lorena) ¿Y qué pasa con Elena? ¿Qué pasa con lo que sientes por ella? ¿Elena es mi mejor amiga y yo no quiero tener problemas con ella por esto?

Sebastián) Quizás me dejé llevar por la belleza de Elena y llevarle la contraria a Mateo, Pero ahora ellos son felices y yo debo verlos a ellos como mis grandes amigos. ¡Ahora tú serás mi presente y mi futuro, vamos a poner todo de nuestro lado para que esto funcione, y quizás en un futuro no muy lejano seas la Sra. Lorena de la Cruz de Almanza! ¡Porque ese apellido no me lo pienso quitar, así me lo dio mi padre adoptivo y ese quiero llevar y que tu lleves también!

(Meses después)
(María) ¡Papá! ¡Estoy tan contenta hoy que tengo ganas de darte un fuerte abrazo! Después de todo lo ocurrido yo quiero darte las gracias

por todo el apoyo que me has brindado. ¡No sé qué hubiera sido de mí sin tus sabios consejos, me siento tan plena, tan feliz! ¡Cada momento disfruto de mis dos hijos, ver que son tan felices que casi me parece un sueño! ¡Veo a mi amiga y ahora hermana Antonieta! ¿Por qué así la siento ahora? La veo tan feliz, ella también ha sido un grande pilar en mi vida, veo como se disfrutan, como llevan esa relación de madre e hijo. ¡Realmente la admiro papá!

(Ameyal) Sí, es una mujer muy fuerte, que tiene un gran corazón; ¡Ha sabido superar todo esto muy rápidamente, gracias al amor de Sebastián y al de Cuca! ¡Y mira! Hoy estamos de nuevo todos reunidos para celebrar tres bodas, tres uniones de tres parejas que supieron vencer todo gracias al amor; porque el verdadero amor puede acabar con todo aquello que nos puede hacer daño. El amor y la verdad al igual que el sol siempre salen, para buenos y malos. No importa cuánto tarde, lo importante es saber esperar y esperar luchando para no desfallecer.

(María) ¡Cómo siempre tienes toda la razón padre; ya todo ha pasado, ahora ya es tiempo de cosechar los frutos, de que lleguen los nietos, de verlos nacer, dar sus primeros pasos, verlos correr! Santa María poco a poco se ira transformando, la veo llena de vida, Este año se esperan buenas cosechas gracias al buen temporal. Mucha de nuestra gente la veo muy feliz, se les ha podido aumentar un poco más el sueldo y nosotros estamos más unidos que nunca padre.

(Ameyal) Tienes toda la razón hija mía, es tiempo de disfrutar más y olvidar todo el pasado. Hoy por lo pronto vamos a ver a estos muchachos unir sus vidas y desearles toda la felicidad del mundo. ¡Mira papá ahí viene mis grandes amigas, Antonieta y Ruth!

(Ameyal) ¡Te dejo para que puedan platicar a gusto, yo me voy con mis muchachos que están todos nerviosos que las novias no llegan!

(María) ¡Mis grandes amigas como están! ¡Bueno ahora consuegras!

(Ruth) ¿Hoy es un gran día para todas nosotras; se casan nuestros hijos y a nosotras a cuidar los nietos? ¿Pero ahora lástima de algo?

(Antonieta) ¿De qué cosa Ruth?

(Ruth) ¡Pues que todavía estamos de buen ver y podemos pescar marido! ¡Ja, Ja, Ja! No amigas ya en serio, ¡Gracias por estar todas unidas y ahora contemplar la felicidad de nuestros hijos!

(Antonieta) Así es Ruth, démosle la vuelta a la hoja del libro. ¡Es tiempo ya de escribir una nueva historia, pero ahora debe de existir mucha felicidad, nada de llanto! ¡Qué les parece si vámonos a ver a las novias que ya llegaron y darles la noticia a los novios que ya están deseosos por verlas!

(Mateo) ¡Hermanos! ¡Hoy nos convertiremos en todos unos hombres de hogar, les deseo toda la felicidad del mundo a los dos, nuestras tomaran nuevos rumbos, cada uno velara por su matrimonio y por los hijos que Dios nos mande! ¡Pero quiero que sepan que no me cabe en el pecho lo agradecido que estoy en la vida por tenerlos como mis hermanos!

(Sebastián) ¡En este caso yo debo ser el más agradecido con ustedes mis dos mis hermanos, puesto que ustedes se han conocido desde siempre! ¡Ahora yo les agradezco por aceptarme en sus vidas y en sus corazones!

(Alejandro) ¡Huy los dos ya se me pusieron melancólicos, ahora debo contentarlos a los dos!

(Sebastián) ¡Bueno! ¿Porque le dices pájaro nalgón?

(Mateo) ¡Tú nada más dale la vuelta a Alejandro!

(Alejandro) ¿No le hagas caso a Mateo, es muy hablador y hoy está más alegre que nunca? Antes de irnos a la iglesia quiero que sepan que la misión que se me encomendó hoy queda concluida, ya cada uno tomara las riendas de su vida, es hora que nosotros formemos nuestro propio destino. Siempre estaremos juntos para apoyarnos, para sostenernos en nuestras caídas, pero no olvidemos que todo lo podemos vencer por el amor.

(Ameyal) ¡Bien dicho Alejandro!

(Sebastián) ¿Abuelo cuándo vas a dejar de asustarnos, cuando vas a usar la puerta para entrar?

(Ameyal) ¡Ja, Ja, Ja! Los viejos zorros como yo poco cambiamos. Me da gusto encontrarlos a los tres, a mi poco me verán ya por estos lugares, he decidido retirarme a un lugar más tranquilo, los visitare de vez en cuando y espero que ustedes también me visiten y no me olviden.

Ameyal sigue hablando pero solo en espíritu

Nunca olviden de creer en ustedes mismos, los muros que los separan son solo eso, muros. Luchen siempre por lo que aman, nunca se den por vencidos, la felicidad se encuentra al alcance de tu mano.

¡Ahora es tiempo de volar y abrir sus alas de par en par y abrazar la felicidad y dejarse acariciar por ella! Nunca olviden que el amor puede romper cualquier barrera. Ahora yo les auguro una enorme dicha a los tres, más sé que tendrán sus caídas. ¡Pero se levantaran porque de ellas abran aprendido y tomaran más fuerzas para seguir caminando por este mundo! Les dejo mi bendición de abuelo y amigo, siempre estaré con ustedes hijos míos.

¡No importa que tan fuerte sea la guerra si has ganado más batallas! ¡Seguro ganaras la guerra!

AGRADECIMIENTO

En cada etapa de nuestra vida aprendemos nuevas cosas que nos hacen valorar lo que tenemos y a aprendemos de los errores que tenemos. El agradecer o el saber agradecer siempre es una muestra de respeto a aquellas personas que se lo han ganado. En nuestra vida siempre hay personas que nos hacen felices, ya sea por una sonrisa, por un saludo por un te quiero, por un te amo. Algunos de esos pequeños detalles son los que nos hacen ser cada día más felices. Es por ello que les escribo estas breves líneas a ustedes mis amigos *Mario Ayala y Armando Gómez.* Que han sabido ganarse el cariño y el respeto de este su servidor. Varios meses han sido los que nos llevaron para la conclusión y realización de este libro, y digo nos llevaron ya que ustedes has sabido apoyarme en cada uno de esos momentos en los que me llegue a sentir solo, presionado, angustiado, enojado y el sentir sus brazos sobre mis hombros me daban las armas necesarias para seguir luchando y no dejarme vencer. Gracias por dejarme ser parte de su vida y de su historia, el camino aún es muy largo, pero no sabemos que tanto podamos recorrerlo juntos. Solo sé que ahora estamos juntos luchando en este barco de la vida. *¡No nos preocupemos por el futuro que aún es incierto, vivamos el presente como si fuera el futuro!*

Su amigo por siempre Jorge Luis Martínez.